Per Meerin

Blautauben und andere Dummheiten

Ein Zyklus

Andreas Meier
Wingertstrasse 34
8308 Illnau
Verlag und Herstellung: BoD - Books on Demand,
Norderstedt
ISBN: 9783751956987

INHALT

BLAUTAUBEN ODER DAS SCHÖNE GUTE WAHRE

Am liebsten wäre ich sowieso zu Hause geblieben; zu Hause weiss man, was man hat. Aber meine Frau, die Dani, ist ein Fegnest, die hält es daheim nicht aus. So waren wir letztes Jahr in London, vorletztes in Moskau, davor in Rom. Schon am Neujahrstag verkündige sie nach dem Mittagessen: „Dieses Joahr hädd i Luschd uf was Friedliches, Karle. Diese hekdische Grossschdädde. Vo Erholung koi Schbur!» (Entschuldigung, aber Dani geht nicht auf Hochdeutsch,) Um Schlimmeres zu verhindern, schlug ihr sofort vor: „Wie wär's mit Zürich?" – Zu meiner Überraschung war sie Feuer und Flamme: „Karle», meinte sie, «des hodd Hand ond Fuass! Kloi, ond voll vo Dinga, die man gseha han muss. In Baris der Eiffl, in Moskau der Rode Bladz, in Rom der Bederschbladz und in Zürich die Blaudauba.» Man kennt ja die Bilder: die Zwillingstürme des Grossmünsters, umflattert von Blautauben; der dicke Niki-Saint-Phalle-Engel im Gegenlicht der Züricher Hauptbahnhofhalle inmitten eines Blautaubenschwarms; der Denkmal-Pestalozzi mit zierlichen Blautauben auf dem Kopf vor dem traditionsreichen Warenhaus *Globus* an der Bahnhofstrasse oder dann, geradezu symptomatisch für den liberalen Geist dieser Stadt, die mit Halmen, Federn, Papier- und Kunststofffetzen zusammengestoppelten Taubennester auf den Fenstersimsen des

5

Züricher Rathauses an der Limmat – die Bilder sind bekannt und billig zu haben; es sind die gleichen in allen Städtereisekatalogen – „Aber des man muss *live* gseha han, Karle!", so Dani.

Wir fuhren also mit dem Zug Mitte Mai. Die Reise dauerte etwas mehr als vier Stunden; ich darf sagen, ich war voller Zuversicht auf einen reibungslosen, unaufgeregten Aufenthalt. Dabei hätte ich es ahnen müssen, ich alter Depp! Aber ich habe mir halt gedacht: Was gibt es Harmloseres als Tauben? Diese unschuldigsten, friedlichsten, sanftesten Tiere, die man sich vorstellen kann! Mit Jimmy habe ich nicht gerechnet.

Jimmy fing uns bereits nach den ersten Schritten auf Züricher Boden ab, will sagen, schon in der Bahnhofshalle, und zwar ausgerechnet dort, wo der voluminöse blaue Engel von Niki de Saint Phalle an Drahtseilen schwebt, präzis unter dem fliegenden Monster, so als genösse er dessen persönliche Protektion. Und instinktsicher stellte er sich gleich Dani in den Weg, fragte, ob sie ein „Momentlein" erübrigen könne. Mir war der Typ in seinem uniformähnlichen blauen Dress mit den theatralischen schwarzen Locken sofort suspekt. Ich witterte sogleich unnötige Komplikationen. Und wäre es nach mir gegangen, ich hätte den Typ ungerührt abblitzen lassen. Aber Dani musste natürlich stehen bleiben und sagen: „Oi bissle Zeid muss der Mensch ja han, ned?» - Nicht dass sie über eine philosophische Ader verfügte; Fakt ist lediglich, dass sie ihrer bodenlosen Neugier nicht widerstehen kann, während ich denke: Neugier ist die erste Stufe zur Hölle. – Der Kerl, den ein Namensschildchen auf der aufgesetzten Brusttasche seines Blousons als *Jimmy Keller, Tourguide* auswies, erntete Danis Bemerkung mit einem Lächeln ab, das wohldosiert darauf angelegt war, sowohl bedingungslose Zustimmung auszudrücken als auch die Vorahnung zu wecken, dass nichts weniger als ein Inhaber höheren Bewusstseins vor einem stehe. Vermutlich eine Mischung, mit der er routinemässig ältere Damen einwickelt. Er rückte – an Danis Adresse - sogleich mit seinem Angebot heraus: Taubensafaris in drei Varianten, empfehlenswert die grosse Tour, *Columba 3*, zweieinhalb Stunden kreuz und quer unter seiner kundigen Führung zu allen prominenten Blautauben-Plätzen der Züricher Altstadt, 39.90 pro Person, Tourismustaxe inklusiv. - Ich fragte, wie lange denn die kleinste Tour dauere. Aber Dani blockte sofort: «Do wega von dena Dauba sind mir do no Zürich gfahra, Karle! Ond jedzd willsch gniggrich sai odr was?» - Mich vor diesem Jimmy mit meiner Frau zu streiten, kam nicht in Frage. Dem Typ ein Gratisvergnügen anzubieten, verbot mir mein Hang zur Diskretion. Infolgedessen blieb mir aber nichts anderes übrig, als die bittere Pille zu schlucken, will sagen, der Buchung von *Columba 3* zähneknirschend zuzustimmen und die 80 Franken locker zu machen. Jimmy bestand pathetisch auf der Rückgabe der 20 Rappen. «Bitte kein Geld zum Fenster rausschmeissen!» Was für ein Gockel, dachte ich, während Dani ihn auf den Oberarm patschte: «Des müssa sie dem Schwaba ned erklära!» Jimmy sagte, wir dürften uns über unsere Wahl freuen, die Tour Columba 3 sei von allen drei Tauben-Safaris die am erlebnisorientierteste; sie stehe unter der Maxime *Blautauben lieben, Blautauben erleben*. Er sagte das ohne Spur von Ironie, vielmehr glaubte ich, in seinen bornierten Braunaugen die Warnung gegen jeden zu lesen, dem es einfallen sollte, der Grossartigkeit der Züricher Blautauben ungebührliche Skepsis entgegenzusetzen. Zugegeben: Ich war von Beginn an auf Abwehr. Der Typ ging mir, wie gesagt, gegen den Strich.

Auf weissen Sneakers federte er nun voraus, quer durch die Bahnhofshalle zum Ausgang gegen den Bahnhofplatz. Wir hampelten hintendrein. Auf dem Platz steht mitten im Getöse von Autos und

Strassenbahnen ein Brunnen mit einer mächtigen, ganz von Grünspan überzogenen Skulptur, die Alfred Escher darstellt, den «Zar von Zürich», wie Jimmy erklärte, einen der grössten Wirtschaftspioniere der Schweiz im 19. Jahrhundert. Jimmy hüpfte auf den granitenen Brunnenrand, wohl um seiner Person sowie ihrer Botschaft die nötige Erhabenheit zu verschaffen. Nicht nur den Gotthardtunnel und die ETH verdanke man der gewaltigen Innovationskraft dieses Mannes, zu Lebzeiten gern König Alfred I genannt, sondern auch das weit über die Landesgrenzen hinaus leuchtende Phänomen der Blautauben. Der Startschuss zu diesem zoologischen Wunder könne auf den 10. Juli 1865 datiert werden, den siebten Geburtstag von Eschers einziger Tochter Lydia, zu dem ihr der Vater ein exotisches Taubenpärchen der Spezies *Columba inornata hyacintha*, volkstümlich schlicht Blautauben, geschenkt habe, vermutlich vom Familienfreund Frederico Kaeser aus Kuba herübergebracht. Diese Geburtstagstauben seien die historischen Ureltern der gesamten Zürcher Blautaubenschaft. - Dani zog mich am Ärmel: «Gugg mol! Dord drüba hogga si!» - Tatsächlich. Gegenüber, auf einem schmalen Friesband in der Fassade des Hotels *Schweizerhof*, ein Dutzend Vögel.

Aufgereiht wie Hühner auf der Stange. Tauben unverkennbar. Dani grabschte hastig in ihrer Tasche nach dem Fotoapparat.- «Um Himmels willen, Madame!», flüsterte Jimmy, die Hände vor sein Gesicht schlagend, «beleidigen Sie mich nicht! Was Sie dort drüben sehen, sind Strassentauben, nichts als ordinärste Strassentauben, die mit unserer Blautaube nichts, aber auch gar nichts gemeinsam haben, ausser dem weitläufigen Artnamen *Columbidae*. Mit diesem Gesindel dürfen Sie unsere Blautauben nie mehr in einen Topf werfen, Madame!» - Dani ruckte das Kinn nach oben: «Älles hedd sai zwoi Seida, gell!», maulte sie. Zurechtweisungen kann sie nicht ertragen. Wo denn nun die Blautauben seien, wollte sie wissen. Immerhin gab Jimmy jetzt seine erhöhte Position auf und hopste vom Brunnenrand herunter. «Wenn Sie sich noch ein Weilchen gedulden würden, Madame!». Er wandte sich eigentlich immer nur an sie, wobei das insofern verständlich war, als meine Frau unbestritten die unumgänglichere Person von uns beiden ist.

Jimmy wies jetzt nochmals auf die überragende Statue hinter sich: Der Aufstieg der Blautauben aus der Voliere im noblen Belvoir, dem Anwesen der Eschers im heutigen Stadtkreis Enge, zum weltbekannten

Wahrzeichen der Limmatstadt hänge direkt mit dem traurigen Schicksal der Escher-Tochter Lydia zusammen. Als ihr Papa 1882 starb, sei sie vierundzwanzig gewesen. (Ihre Mama habe sie schon als Sechsjährige verloren.) Die Heirat mit dem Sohn des mächtigen Bundesrats Welti ein Jahr danach sei vermutlich der Fehler ihres Lebens gewesen. Der Mann habe dank dem Escher'schen Beziehungsnetz schnell Karriere gemacht, während Lydia sich zu Hause langweilte. Eine Liebesaffäre zu dem Portraitmaler Karl Stauffer-Bern habe der Gatte gerächt, indem er sie kurzerhand in eine Psychiatrische Klinik stecken liess. Während der so bedingten Abwesenheit der Herrin sei es geschehen: Eine Hausangestellte habe nach der Fütterung der Tauben das Volierentürchen offenstehen lassen, vermutlich weil ihre Aufmerksamkeit bereits dem Zimmermannslehrling, der hinter dem Gewächshaus ihrer harrte, gehört habe. –

«Ja so oi bleede Schnepf!», meinte Dani.

«Urteilen Sie nicht herzlos, Madame! Immerhin verdanken wir dem jungen Ding, einer Ottilie Rüegg aus Selnau, dass die *Columba inornata hyacintha* erfolgreich auswilderte und heute ihr Ruf, dieses geheimnisvolle dunkle Hoom-hoom-hoom, auf dem ganzen Stadtgebiet vernommen werden kann.

«Dees isch ebbes!»

«So ist es, Madame!» Danis Zustimmung beflügelte ihn: Bei genauerem Hinsehen habe Ottilies Tun geradezu revolutionäre Folgen gehabt: Ein exotisches Juwel sei dem bourgeoisem Exklusiv-Besitz entrissen und in demokratische Hände überführt worden. Ohne Ottilie Rüegg wäre man jedenfalls nicht, wo man heute sei. Jedes Jahr Millionen von Blautauben-Touristen, Anzahl steigend, denn Asien, vor allem die Chinesen seien zunehmend empfänglich für ihre Botschaft.»

«Bodschafd? Was für oi Bodschafd? Do isch in Schduagard oba bis heud nix agkomme, gäll Karle.»

«Warten Sie ab, Madame. Sicher kennen Sie die Blaue Taube von Picasso, die Blaue Taube des Friedens? Ich kann nur sagen: Seien Sie bereit, sich innerlich berühren zu lassen. Wenn Sie mir nun bitte folgen würden!»

Wir sind nicht mehr die Jüngsten und nehmen es gerne auf die entspannte Tour, nicht nur ich, auch Dani. Auf dem Gehsteig der Bahnhofstrasse hüpften, flatterten Spatzen zu unseren Füssen und graue nullacht-fünfzehn Tauben pickten und ruckten mit den Köpfen, wie sie vermutlich weltweit in den Städten mit den Köpfen rucken; auf einer der mickrigen Linden, die die Strasse säumen, sass sogar eine Amsel. Dani stiess mich in die Seite und summte mit zusammengepressten Lippen *Alle Vögel sind schon da*. Ich weiss, sie hatte die Abbildungen in den Städtekatalogen von TUI und DER studiert und deshalb erwartet, sich gleich durch Heerscharen von Blautauben kämpfen zu müssen.

Beim Warenhaus Globus dirigierte uns Jimmy mit raschen Handbewegungen auf die davorliegende Wiese, in deren Mitte das Pestalozzi-Denkmal steht. Da waren etwa zehn, zwölf Touristen asiatischer Herkunft, die allesamt mit ihren Fotoapparaten und Handys konzentriert auf einen auffällig schief gewachsenen Riesenbaum am Rand der Wiese zielten. - «Dort zuoberst in der Krone!», flüsterte Jimmy, «sehen Sie? Ein wunderschönes Pärchen! Sehen Sie? Eigentlich sind sie zwar lieber am Boden, da finden sie Futter, aber sie baumen halt auf, sobald man ihnen zu nahekommt.»– «Wo? Wo no?» In Rekordzeit hatte Dani den Fotoapparat aus der Tasche ans Licht befördert und hielt ihn jetzt schussbereit vor der Brust. Sie reckte ihren Hals. «I kann nix seha. Siesch du ebbes, Karle?» - Ich hatte tatsächlich den Eindruck, dass sich zwischen den obersten Ästen etwas bewegte. Dani kniff die Augen zusammen, strengte sich an: «Herrgodd nomol!» Jimmy machte zwei Schritte rückwärts: «Kommen Sie hierher, Madame! Dort neben dem ausladenden Ast oben links! Jetzt haben sie sich wieder gerührt? Haben Sie gesehen? Dieses Blau! Wie es leuchtet!» - Herrgodzagg, kennd i me uffrega, Karle!» - «Noch ein bisschen nach rechts, Madame, von hier sieht man sie miteinander schnäbeln.» - Sie tat, was er sagte, aber vielleicht lag es daran, dass sie ihre Brille nicht dabeihatte. «Sag amol, des gibds doch nedd! So a Soich!» - «Sie gucken zu niedrig, Madame, Sie gucken zu tief, wenn Sie sich mal tüchtig auf Ihre Zehenspitzen stellen würden, um in eine günstigere Perspektive zu gelangen.» Das war zu viel. Man kann sie nicht herumdirigieren, das kenne ich, da wird sie ranzig. «An Dregg wärde!», fauchte sie und tat einen Schritt rückwärts, aber da war der Randstein, der die Wiese von einem umlaufenden Plattenweg abgrenzte – sie stolperte rückwärts und plumpste auf ihr Gesäss. Aber just in dem Augenblick, als Dani auf den Platten sitzend zu unserem Guide hinauf schimpfte: «Ihr *Madam Madam* ko'e im Fall nedd vrbutza!», lösten sich aus der Baumkrone der schräg stehenden Riesenföhre zwei verblüffend blaue Vögel und nahmen - schwerfällig flatternd, wie mir schien - Kurs Richtung nächstes Hausdach, hinter dessen First sie sich nach ein paar Sekunden unseren Blicken entzogen. «Ups!», machte Jimmy, in einem Ton, als hätte er eben das vierte Ass zugeteilt bekommen und bevor ich einen Finger rühren konnte, stand er schon mit diensteifrig ausgestreckten Händen vor Dani. Aber sie schüttelte energisch den Kopf: «Noi, da isch mai Karle zschdändich.» - «Haben Sie gesehen?», frohlockte Jimmy, «zwei Prachtsexemplare, da schlägt einem das Herz gleich höher!» - Der Fotoapparat hatte Danis Fall vermutlich unbeschadet überstanden, im Gegensatz zu ihrer Laune, denn die Gelegenheit, von den fliegenden Prachtsexemplaren ein Foto zu schiessen, war unwiederbringlich verpasst. Jimmy sagte, die beiden hätten auf einem der ausladenden Föhrenäste genistet, das Gelege habe – wie bei der *Columba inornata hyacintha* üblich – aus einem einzigen Ei bestanden, nach zirka 27 Bruttagen sei das Küken geschlüpft, beide Altvögel seien an der Aufzucht beteiligt, und zwar bis 30 Tage nach dem Flüggewerden. Aber in diesem Fall sei das Junge gestorben, vermutlich aufgrund der Trockenheit seit Monaten. Der Gesamtbestand aus Witterungsgründen in den letzten Jahren überhaupt eingebro-

15

chen. «Aber keine Sorge!», die Bräune seines Blicks wurde noch stumpfer, «man wird verhüten, dass Zürichs Wahrzeichen Schaden nimmt.» Mit der rechten Hand signalisierte er, dass es mit der Taubensafari vorwärts gehe: «Kommen Sie», sagte er, «da vorn warten Schätze auf Sie.» Er hielt sich jetzt zahm an Danis Seite, rannte nicht mehr voraus. Wir bewegten uns der Bahnhofstrasse entlang. Fünfzig Meter vor uns eine asiatische Reisegruppe. Die Führerin mit aufgespanntem gelbem Schirm. Japaner, Chinesen, Koreaner, wer kennt sich da aus? Aber ich glaube, es waren die, die auf der Pestalozziwiese in unserer Nähe gestanden hatten. Jimmy meinte: « Bitte sehen Sie, Tausende von Kilometern legen Menschen zurück, um unserer Blautauben ansichtig zu werden, kein Weg ist ihnen zu lang, keine Hürde zu hoch. Und wissen Sie warum? Ganz einfach, weil die Blautaube nicht ein Vogel ist wie abertausend andere Vögel unter dem Himmel. Weil sie - wie soll ich mich ausdrücken? - weil sie es einfach in sich hat.» - «Au am schenschda Vogl fallad amol d'Fädra aus», maulte Dani. Ich spürte an ihrem Ton, dass sie gereizt war. Sie hatte ihre Niederlage auf der Pestalozziwiese nicht verwunden. Aber Jimmy liess sich nicht aus der Bahn werfen: «So ist es,

Verehrte, und wie könnte es auch anders sein? Und darum findet man in unseren Souvenirshops (ich werde Sie am Ende unserer Tour zum besten führen) in Cellophan verpackte Blautaubenfedern - gleichsam als wunderhübsche Sinnbilder für alles Gute, Schöne, Wahre, nach dem man sich gerade in unserer materialistischen Welt doch irgendwie sehnt, nicht?» - Dazu sagte Dani nichts. Der Zürich-Tourismus-Verband, fuhr Jimmy fort, bewerbe die Stadt seit Jahren mit dem Slogan *Blue Doves. Zurich. Switzerland*. Durchaus erfolgreich, wie die jährliche Übernachtungsstatistik belege. Nur müsste, seiner Meinung nach, der Trumpf Blautaube in viel offensiver ausgespielt werden. Die Begegnung mit dem Schönen, entspreche schliesslich einem echt menschlichen Urbedürfnis, nicht? Der Typ kam mir vor wie einer, der ständig an der Nase rumwischt, statt mal ordentlich schnäuzen.

Wir schwenkten links in eine leicht ansteigende Strasse mit dem Namen Rennweg ein. Ich dachte, hoffentlich ist der Name nicht Programm - und wagte zu bemerken, wir hätten von dieser Blautauben-Schönheit leider noch wenig zu Gesicht bekommen, obwohl wir bereits eine halbe Stunde auf Taubensafari seien. Jimmy verzog das Gesicht, als hätte ihm einer einen Dolch zwischen die Rippen gestossen. Ungerührt doppelte Dani nach: «Gaggarad scho – abr koi Oier, verschdehet Sie.» - Drauf sagte er gar nichts. Jetzt spielt er die beleidigte Leberwurst, dachte ich, er ist eine Mimose, selbstverliebte Typen wie er sind meistens Mimosen. Schweigend gingen wir nebeneinander den schnurgeraden Rennweg hinauf, an appetitlich herausgeputzten Geschäften vorbei. Erst vor einem *Starbucks*, erinnere ich mich, fand er die Sprache wieder: «Sie werden auf Ihre Rechnung kommen, Madame, wir sind nämlich auf geradem Weg zum Städtischen Taubenschlag auf dem Lindenhof, einer Oase des Friedens und der Ruhe mitten in der Stadt und Heimstatt Dutzender allerschönster Blautauben. Sie werden sehen!» Ob wir übrigens interessiert wären an einer Aufführung von Walter Braunfels' Oper *Die Vögel*, die anfangs nächsten Monat im Opernhaus aufgeführt werde. Er könnte uns die letzten stark vergünstigten Karten abgeben. - Aber wir gehen nie in die Oper. Dani hört gern Schwoberock, zum Beispiel Brozzo oder das Drommeldar Trio, oder Songs von Andreas Schoba. Mir selbst reicht es, im Sommer dem Zirpen der Grillen im Garten zuzuhören und im Winter möglichst der Stille.

Der uns in Aussicht gestellte Lindenhof samt Städtischem Taubenschlag wurde endgültig zum Desaster. Ich muss das wohl gar nicht mehr ausdrücklich sagen. Aber bevor wir über eine Treppengasse zu diesem Lindenhof (auf einem Moränenhügel mit Aussicht auf Altstadt und Limmat gelegen) hochstiegen, machte uns Jimmy auf eine Bäckerei aufmerksam, in deren Schaufenster es nur so von gebackenen Tauben wimmelte. Es gab sie in salziger Version als Laugengebäck und in süsser Variante als Hefewecken. Dani nahm die salzige, ich die süsse. Die Verkäuferin, eine fröhliche Mittvierzigerin, begrüsste Jimmy wie einen Familienangehörigen und fragte mit Augenzwinkern, ob alles «paletti» sei. «Alles im grünen Bereich», sagte Jimmy. «Und sonst?», fragte die Verkäuferin. «Soso», meinte Jimmy, worauf die Verkäuferin, ihrer Miene nach zu urteilen, etwas Gravierendes auf Schwizerdüütsch antwortete, was ich nicht verstand. – Wir warteten, die Tauben verzehrend auf der Strasse, bis Jimmy sich drinnen von der Verkäuferin losgemacht hatte. Kauend meinte Dani: «Do schdimmd ebbes hinda ond vorne ned mit vo dene Safari, Karle.»

Beim Aufstieg zum Lindenhof wurde untereins die Hitze spürbar. Es ging schon gegen Mittag, trotzdem, es war wieder einmal viel zu heiss für Ende Mai. Die Sonne knallte in die Treppengasse hinunter. Und wenn Dani eines nicht leiden konnte, dann sommerliche Mittagshitze, und was noch einen Zack schlimmer war: Treppensteigen in der Mittagshitze. So kollerte sie übellaunig vor sich hin: «Oi bissle wär jo emmer no besser wie nix, gell, abr bis jedzd isch nix gwesa, gor nix!» - Jimmy, der gerade dabei war, seine Sonnenbrille aus der Brusttasche seiner Guide-Uniform zu fingern, entgegnete, nach einem Moment krümliger Stille: «Ich sage Ihnen, Sie ereifern sich zu Unrecht, Madame! Seit sieben Jahren mache ich diese ornithologischen Safari-Führungen und kann sagen: immer zur vollen Zufriedenheit meiner Kundschaft.» Eine bebende Gereiztheit in seiner Stimme war unüberhörbar. Oder war es Nervosität? Jedenfalls schien mir ein Zacken in seiner Krone zu wackeln.

Wir kamen auf dem Lindenhof an, tatsächlich einem idyllischen, von Linden beschatteten geräumigen Platz mit historischem Brunnen, Sitzbänken, Aussenschach spielenden Männern und den obligaten Touristen, denn der Lindenhof gehört wie Blautauben und Grossmünster zu den Top Seven von Zürichs Sehenswürdigkeiten. Schon auf fünfzig Meter Entfernung hatte ich sie erblickt, noch bevor Jimmy uns darauf aufmerksam machte: Auf dem Helm eines Türmchens, das in die hüfthohe Mauer auf der zum Fluss abfallenden Seite eingelassen ist - drei Stück in berückendem Blau, und eine pickend auf dem kiesigen Boden! Jimmy legte den Zeigefinger auf seine dicken Lippen und machte «Schschscht!», als wollte er signalisieren, dass wir nun am dramatischen Höhepunkt der Blautauben-Tour *Columba 3* angekommen seien - da durchschnitt ein scharfes helles Sirren, als sei eine Riesenwespe erwacht, die friedliche Atmosphäre unter den Linden - im ersten Moment konnten wir die Quelle des Geräusches nicht erkennen, doch die Wirkung war durchschlagend: Die vier Blautauben erhoben sich wild flügelschlagend in die Luft und flüchteten über die Limmat Richtung Altstadt - während weiter vorn an besagter Mauer, dieses ekelhafte Surren absondernd, eine Mini-Drohne, ein Mini-Quadrokopter über einer fünfköpfigen Touristenfamilie schwebte, allem Anschein nach Inder oder Pakistaner. Ein halbwüchsiger Sohn betätigte das Steuergerät, vermutlich um Erinnerungsfotos von seiner Familie aus der Vogelperspektive zu schiessen. - «So ein Vollgasidiot!», knirschte Jimmy; Dani schrie «Schofseggl» hinüber und ich dachte «Was jetzt?» -

Jimmy machte eine Miene, als habe er knapp den Sechser im Lotto verpasst. Wohl aus Furcht, vollends sein Gesicht vor uns zu verlieren, trat er die Flucht nach vorn an und begann über die tolle Aussicht zu schwadronieren: die Bläue der Limmat, die Bläue des Züricher Himmels, der Züricher Strassenbahnen, die Bläue in der Züricher Flagge, schönstes Taubenblau, soweit das Auge reiche, aber Dani stoppte ihn erbarmungslos: «Höre Si uf, leers Gschwätz filld koin Sagg!» Aber ich glaube, da hatte sie die Taube am Fuss der Mauer schon entdeckt. ««Heiligsbächle, sag amal, des gibds doch nedd!» Etwa fünf Meter unter uns am Fuss der Stützmauer duckte sich ein Vogel – unverkennbar eine Blautaube, eine echte Blautaube mit graublauem, zierlichem Federkrönchen und schwarzen Augenringen, wie sie einem von den Bildern her seit langem vertraut ist, mit grossen dunkelblau glänzenden Flügeldecken, aber die Flügel waren sonderbar abgespreizt. Und sie bewegte sich unnatürlich ruckweise, so, als läge das Kraftzentrum ausser ihr, und da wurde das Unglück in seinem ganzen Ausmass auch sichtbar: Eine Ratte hatte sich unter dem linken Flügel des armen Vogels festgebissen und versuchte nun, ihr Opfer, das noch ab und zu lahm mit dem freien Flügel schlug, den Mauerrand entlang zu zerren. Dani sagte: «Das isch jedds neme zum Lache.» Man sah den massigen graubraunen Hinterleib der Ratte unter dem Taubenflügel hervorgucken, ihre rackernden Hinterbeine, ihre rosa Füsse, die schlingernde Schwanzröhre. Mit verzweifeltem Flattern gelang es der Taube jetzt, sich zu befreien; mit unkoordinierten Flügelschlägeln trudelte sie besinnungslos der Mauerkante entlang, aber im Nu hatte sich die Ratte eingeholt, sich über sie geworfen und im glänzend Nackengefieder festgebissen. Wie mit doppelter Kraft zog sie ihr Opfer rückwärts zu einem Gebüsch – und bevor sie damit unter den Ästen verschwand, sah man noch kurz, wie die Blautaube auf ihrem Rücken lag, beide Flügel geöffnet, die Füsse krampfhaft zuckend in der Luft.» «Jedds isch ällas am Arsch!», meinte Dani. «Ja», sagte ich und wie ich mich, von dem jämmerlichen Schauspiel verstört, nach Jimmy umsah, war dieser weg. «Gugg dord!», flüsterte Dani. Und gerade sahen wir noch, wie unser Safari-Guide die Treppengasse zum Rennweg hinuntertauchte und damit unseren Blicken entschwand. «A grosse Gosch, abr renna kann'r! Ond Angschd hedd'r nadirlech keine!» Dann sogleich die donnernde Erkenntnis: «Neinundsiebzig Franka achdzig! Mir han do dofir bzalhld,

Karle, des isch Bschiss, ond Bschiss kommd uff da Disch!» - Dani war entschlossen, in Tourismuszentrale der Stadt alle Hebel in Bewegung zu setzen, um das Geld zurückzubekommen. Und ich Depp habe ruhige, friedliche, harmlose Urlaubstage in Zürich erwartet...

Access to memories does not guarantee access to truth. Many minds redirect their memories along revised maps. (David Mitchell)

ALLA CACCIATORA

Er steht auf dem Bahnsteig 8. Der Zug kommt in 12 Minuten. Er schiebt sich ein Likörbonbon in den Mund. Es ist kalt. Es ist sein Geburtstag. Angelika hat gefragt, ob er sie in der Klinik besuchen komme. Ihre Stimme hat am Telefon matt geklungen. Geburtstage sind halt heikel. Zum Beispiel sein Geburtstag letztes Jahr. Der ging daneben. Warum hatte er abends nur sein Handy eingeschaltet? Natürlich hatte er sich nichts dabei gedacht. Trotzdem war es ein Fehler. Den ganzen Tag hatte es nämlich abgestellt zu Hause gelegen. Da hätte es liegen bleiben können. Dann wäre es nicht passiert.

Angelika hatte im Geschäft früher Schluss gemacht. „Damit wir ein bisschen Zeit für uns haben", hatte sie gemeint. Sie hatte ihm drei rote Rosen geschenkt. Abends dann sind sie zu Luigi gegangen. Coniglio alla cacciatora. Der beste Katzenbraten der Welt, pflegte er zu sagen. An Rosmarin geschmort. Dazu Polenta. Luigis Polenta war unübertrefflich. Dazu den Barolo zu fünfundvierzig. Zur Feier des Tages. Sie hatten einen Tisch mit Blick auf den Fluss hinunter. Die Möwen sassen in einer Reihe auf dem Verandageländer und guckten zu ihnen herüber. „Man könnte fast nervös werden", hatte Angelika noch gesagt. Dann hatte sein Handy geklingelt, nein, nicht geklingelt, sondern gequakt. Der letzte Gag. Es war Mama. „Alles Gute zum Geburtstag, mein Junge. Warum hast du den ganzen Tag das Handy nicht eingeschaltet? Ich habe einen Kuchen für dich gemacht, wann kommst du vorbei?"- „Morgen", sagte er. „Oh bitte! Heut noch, ich hab mich sooo gefreut!" – „Nein", sagte er, „heut geht nicht, morgen. Morgen sicher." - Es herrschte jetzt ein Moment Stille. Saugende Stille. Und dann ereignete sich etwas wie eine Explosion an seiner Ohrmuschel. „Mama, was ist?", fragte er. - „Mama, bist du noch dran?" „Mama, was ist da bei dir los?" Stille. Die Mutter aller Stillen. Inständigste Stille. Saugendes Vakuum an seinem Ohr. - „Da ist glaub ich was entgleist bei Mama", sagte er, „ich muss mal schnell hin, nach dem Rechten sehen. Entschuldige, Schatz, ich bin gleich zurück. Luigi soll mit Servieren einfach vierzig Minuten, Dreiviertelstunde warten." Er nahm seinen Mantel und rannte los. Mit seinem Wagen war er in fünfzehn

Minuten bei ihr. Er betätigte den Türknopf neben der Eingangstür und sofort summte es, und die Tür sprang auf. Oben kam ihm Mama entgegen, strahlte, umarmte ihn und gratulierte ihm nochmals zum Geburtstag. Etwas später rief er Angelika bei Luigi an: „Ich bin's, Schatz. Totalchaos hier. Vaters Vitrinenkasten, du weisst, mit den zinnernen Schützentellern, der hat sich von der Wand gelöst. Mama völlig ausser sich. Papas Schützenteller sind das Heiligste vom Heiligen, du weisst… doch, doch, kein Problem, in einer Stunde bin ich zurück. Liebe dich. Küsschen. Küsschen. Liebe dich. Bis gleich!"

Der Zug fährt ein. Er sieht seine Mutter auf sich zukommen und schiebt sich noch ein Likörbonbon in den Mund. Sie trägt einen kecken Jägerhut und einen weiten Lodenmantel. Und eine neue Schultertasche, die er noch nie gesehen hat. - „Wie weit ist es denn zur Klinik?", fragt sie. „Nur vier Stationen mit der Strassenbahn", sagt er. - Dann betreten sie Angelikas Zimmer. Sie sitzt am Fenster und wendet ihnen den Kopf zu. Sie ist schmal geworden, hat er auf einmal den Eindruck. Und bleich. „Hallo", sagt sie. Da seid ihr ja." „Wie geht es?", fragt die Mutter. „Ich schaue den ganzen Tag den

Amseln zu." Die Mutter gab ihr einen Kuss auf die Stirn. Dann öffnete sie ihre Tasche und packt den Geburtstagkuchen aus." „Nicht doch!" sagt Edwin. „Warum nicht? Du hast ja heut Geburtstag, 26 Kerzen." Sie beginnt, eine nach der anderen anzuzünden. Wieder eine mehr. Letztes Jahr war der Kuchen etwas kleiner. Letztes Jahr brauchte es schliesslich nur Platz drauf für 25 Kerzen, vorletztes Jahr für 24. Es wird jedes Jahr mehr, automatisch...

Als er vergangenes Jahr ihre Wohnung betreten hatte, war sie auch gerade damit beschäftigt, die Kerzen anzuzünden. Er wollte ja gleich wieder gehen, weil Angelika bei Luigi wartete, aber sie nötigte ihn, ein Stück von dem Kuchen zu probieren, unbedingt, und dann noch eins. Und als er schliesslich wieder gehen konnte, - sie hatten noch zusammen im Familienalbum geblättert - waren fast anderthalb Stunden vergangen. Er war erschrocken, als er auf die Uhr geschaut hatte. Bei Luigi war sie nicht mehr. Und als er nach Hause kam, war sie auch nicht da. Er wollte es ihr erklären. Mit der Vitrine und den Schützentellern aus Zinn und so weiter. Doch Angelika war nicht da. Und die ganze Nacht blieb sie weg. Erst am Nachmittag des folgenden Tages kam sie.

Da hatte sie sich den Mund böse rot angemalt und die Haare kurz verschnippelt. Er kannte sie kaum mehr. Und dann hatte sie ihn zwei Tage lang vollständig ignoriert. Buchstäblich ignoriert. Das war furchtbar. Dann – vom dritten Tag an wurde es wieder besser und dann war zum Glück bald alles wieder gut. Angelika ist ja im Prinzip nicht nachtragend. Auf die Dauer würde sie es gar nicht durchhalten. Sogar die Haare sind wieder ein bisschen nachgewachsen. Aber dann an Weihnachten… Weihnachten sind halt auch heikel, eigentlich am heikelsten, ist sie plötzlich seltsam geworden, hat gesagt, sie fühle sich schlecht. Und über die Festtage war sie dann im Bett, hat richtig üble Laune gehabt, sich ständig unter die Decke vergraben und einem nicht mal richtig Antworten gegeben. Weder Mama noch mir. „Lasst mich einfach in Ruh, ihr zwei, verstanden!", hat sie gesagt. Zugegeben, manchmal ist es nicht einfach mit ihr. Natürlich hat man ständig das Gefühl, was falsch gemacht zu haben. „So sind sie eben, die Frauenzimmer", sagt Mama, „da musst du dich nicht hintersinnen." Und dann, nach den Festtagen, hat Dr. Vorburger diese Veränderung in ihrem Blutbild festgestellt. Jetzt ist Angelika seit zwei Tagen zu Abklärungen in der Klinik. Und wie sie nun so dasitzt, und zum Fenster hinausguckt, wahrscheinlich wieder zu den Amseln, und den Kuchen mit ihren Fingern zerbröckelt, sieht sie schon erbärmlich aus. Nein, erbärmlich ist nicht das passende Wort. Mitleiderregend. „Mitleiderregend" würde man wohl besser sagen. Hoffentlich wird alles wieder gut. Man kann eigentlich nur froh sein, wenn der Frühling kommt. In drei vier Monaten. Frühling ist immer gut. Frühling ist nämlich die unheikelste Jahreszeit des ganzen Jahres.

BROMBEERMANN

… Brombeermann, komm! Komm, komm aus der Hecke herauf und setz dich an mein Bett. Bin nämlich so allein, so hundeallein und kann nicht schlafen. Kann und kann nicht schlafen. Hab schon zwei Taschentücher vollgemacht und bin doch noch immer blitz- und donnerwach. Das Fenster steht sperrangelweit auf, meine Zunge klebt im Maul wie eine gedörrte Pflaume. Mir dicken Bäuchen kriechen die Wolken übers Dach. Sie haben das Mondchen verschlungen und furzen wummer-wummer-wummer-di-wummer! - He, ihr blöden Wolkenviecher, wann lasst ihr endlich eure Pisse sausen? Ich wartewartewarte! - Wie ich das hören möcht, das Tappern der Tropfen auf dem Dach! Wie ich das möcht! - Und das Tippern von Maschas Herz an meinem. Das möcht ich noch viel mehr. Und ihre himmelblauen Strümpfe und ihre Beine, ihre runden Guck-nur-Beine! Immer muss ich an Maschas Beine in den himmelblauen Strümpfen denken, schwarzer Brombeermann. Du hast doch nichts dagegen, dass ich an Maschas sexy Beine denk? Solche sexy runden Guck-nur-Beine hat nämlich nur die Mascha. Brombeer- Brombeer-Brombeermann, ich geh drauf in diesem Ofen, diese Mücken machen mich verrückt! -

Natürlich, der Moskitospray ist wieder mal alle, und keiner kümmert sich, so ist das nämlich in unserer Familie. Das ist der totale Ego-Verein! Oh Brombeermann, halt meine Hand, ich bin so allein. Wenn du nicht wärst! Sonst kümmert sich keiner! Ich dreh durch, ich kratz mich dumm, kratz mich wund – wie ein Hund voll Flöh, kratz mich kaputt in dieser Hundehitze. - Eine Herde Wolkenbüffel, die kein Tröpfchen Wasser spritzen! Das gibt's doch nicht! Brombeermann, bring mich aus diesem Feuerofen! Hoch hoch hinaus auf einen Wolkenturm. Da möcht ich in der Kühle liegen, liegen mit Mascha - ausgestreckt in einer Wolkenkuhle und ihre kecken Brüste küssen und die himmelblauen Strümpfe von ihren Beinen ziehn, mal sachte-sacht und mal ganz wild, was meine Hände wieder schwitzen, Brombeermann, nimm mal meine Hand! Dann spuck ich hinab vom Wolkenkuhlenrand, saug mir alle Spucke aus den Backen und knall die Ladung hinunter, hörst Brombeermann, dem Haberegg mitten zwischen seine Pauker-Glotzis, haargenau dazwischen. Der mit seinen Wurzeln! Wenn ich's nur checken würd, check's aber nicht, ich Pfeife, das Quadratwurzelziehn. Wurzel acht - leck mich am Arsch! Wurzel elf - fick dich selbst! Verpiss dich, Mann, und gib jetzt Ruh! – Schlafen möcht ich, nur noch schlafen. Gib mir die Hand, Brombeermann, dass ich endlich schlafen kann. Ohne dich bin ich nichts und bin ich null. Dieser Haberegg mit seinen Glotzis ist für mich ein fieses Egg, sag ich dir. Alle checken's nämlich, ausser mir. „Bei dem ist halt alle Liebesmüh vergeblich!" sagt er. „Bei dem schöpft man Wasser mit dem Sieb." ... Dieses Mückengesirr macht mich irr. – Mückengesirr - irr. Hey! Ich könnt ein Gedichtchen machen für Maschachen, etwas über ihre Brüste reimen, dass ich sie küssen möcht, bis die Nippel stehn. Meinst du, damit würd ich punkten? - Wie ihre himmelblauen Strümpfe oben wohl ausgehn? Elast oder coole Strapse? Hat sich das schon einer überlegt? Also ich denk eher coole Strapse. Wenn's stimmt, was Benno über Mascha sagt, sind's eher Strapse. Aber Benno ist ein Lügner, der kriegt auch was ab, wenn ich mit Mascha von der Wolkenkuhle spuck. Eine Powerladung genau in seine Blufferfresse. Das heisst, wenn Mascha mitmacht, wenn überhaupt. Und das ist hier die Frage. Das ist die Frage überhaupt, Mann! Und wenn es stimmt, was Benno sagt, will sie vielleicht gar nicht hinauf in die Wolkenkuhle. Brombeermann, weisst du, was Benno sagt? Er habe mit Mascha – und zwar tutti frutti...

Wenn das so wär? Wenn das echt so wär! ... Aber Benno ist ein Lügenhund - und ich krepier in diesem Ofen, in dem ich wie ein Flohhund kratz und kratz und kann nicht schlafen. - Ob ich nochmal...? Taschentücher hätt's ja noch und nöcher... Wummer-wummer-wummer-di-wumm, ja, ja, donnern könnt ihr prima, Wolken, aber lasst jetzt das Mondchen wieder raus und dann gleich ein paar Tröpfchen sausen! Das wär was zur Abwechslung! Aber mit eurem Wummer-wumm-di-wummer geht ihr mir auf die Nerven. - He da, holla! Eine Mücke, eine Mücke, eine Mücke namens Benno, direkt auf meinem linken Arm. Willkommen, Freund, hau dich zu Mus! - Klatsch! - und weg bist du! - So geht das, Mann! So geht das, Mister Haberegg! Und hier kommen Sie nun endlich auch mal an die Reihe: Aufgepasst, fertig und - klatsch! - und tschüss! - Man könnt sich zu Tode kratzen auf dieser Welt, man könnte sich zu Tode fürchten in diesem verdammten Ofen. Und kein Schwein kümmert sich um einen. Wer kann da noch schlafen? - Also egal, ich mach's jetzt noch mal! - Guck mal ein bisschen aus dem Fenster, wie es blitzt und wummert, Brombeermann!

GNAD IHR GOTT!

Den Brief haben wir erhalten, als sie schon drei Tage weg war. Sie hatte unseren Nachbarn nebenan beauftragt, ihn uns zu übergeben.

Ich war gerade dabei, mit meiner älteren Schwester, der Louise, die Blumen vor dem Haus zu giessen, als er an den Lattenzaun kam und rüberrief: „Emma, ich hab da noch was für euch!" – Emma! rief er. Nicht Emmi wie sonst. Oha! hab ich gleich gedacht, da kommt was.

Der Brief war von Astrid. Einfach ein Couvert, ohne Adresse. Sie war schon drei Tage und zwei Nächte weg und wir, also Mueti, ich und die Louise, waren ziemlich gallig, dass sie einfach abgehauen war. Ohne uns Bescheid zu sagen. Das wäre das Mindeste gewesen, find ich.

Also, was wir schon für Ärger hatten mit der! Das glaubt man nicht. Aber das war nun doch der Gipfel. Mueti sagt immer, mit uns zwei, also mit mir und Louise, sei alles wie von selbst gelaufen. Wir seien einfach immer vernünftig gewesen, schon als kleine Mädchen. Im Gegensatz zu der! Wenn sie gewusst hätte, was mit der alles auf sie zukommt, sagt Mueti. Aber Lamentieren nützt jetzt gar nichts mehr.

Dieser Brief! Wir haben ihn alle drei draußen im Garten auf der Stelle gelesen. Mueti hat geweint. Dass Astrid ihr das antut, das werd ich ihr nie verzeihen. Diese Egoistin! Rücksichtslos bis zum Gehtnichtmehr. Sie schreibt, wir würden sie müde machen. „Unsäglich müde", hat sie geschrieben. Immer wollten wir alles besser wissen und so. Immer hätten wir das letzte Wort und so. Und wenn sie selbst mal was sage, werde das „weggeputzt wie ein Fettfleck vom Küchentisch". Wie ein Fettfleck vom Küchentisch – so redet sie. Normal geht nicht. Normal ist der nämlich zu wenig, der Prinzessin. Und das schreibt ausgerechnet sie, die ununterbrochen rummeckert. „Unser Prinzesschen"! Vatti hat sie immer so genannt hat. Er hat sie ja regelrecht vergöttert, solange er lebte. Vielleicht hat Mueti deswegen von ihr immer viel weniger verlangt als von uns. Ich selbst hätte ja allen Grund unsäglich müde zu sein. Und die Louise vielleicht. Aber die?

Dass sie immer gleich zu Bett gegangen ist, wenn sie von der Bank, wo sie die Lehre macht, nach Hause kam, hätte uns wahrscheinlich beeindrucken sollen. Ich sag, damit wollte sie uns einfach erpressen. Etwas aus dem Kühlschrank, ein Joghurt oder so, und dann neun, zehn, elf Stunden im Bett. Die Decke über dem

Kopf. Nicht ansprechbar. Verwöhntes Getue, wenn man mich fragt. Reine Schauspielerei, kann ich da nur sagen. Nicht dass wir nicht versucht hätten, ihr gut zuzureden. Im Gegenteil. Wir haben es ja gut gemeint mir ihr. Tausend Ratschläge haben wir ihr gegeben, wie sie die Lebensfreude wiederfinden könnte. Aber von uns wollte sie ja nichts annehmen. Stur wie die ist. Stur wie ein Bock. Noch zu diesem Brief: Natürlich musste sie dann zum hundertsten Mal auch wieder mit dieser Tagebuchgeschichte kommen. Dabei ist sie ja eigentlich selbst schuld. Ich mein, sie hat sich ja richtiggehend angeschlichen, als ich in ihrem Zimmer stand und ein bisschen in ihrem Tagebuch blätterte. Nicht richtig darin gelesen, bloss ein bisschen geblättert Und wenn sie schon nicht will, dass jemand in ihr Tagebuch guckt, soll sie es wenigstens nicht offen auf dem Bett rumliegen lassen. Das Meiste sind ja sowieso nur ihre komischen Gedichte. Wie gesagt: ich hab sie einfach nicht kommen hören. Aber schliesslich sind wir eine Familie. Da ist Geheimniskrämerei einfach fehl am Platz, finde ich.

Am Schluss hat sie noch geschrieben, dass sie jetzt in der Stadt einen Ort gefunden habe, wo sie Liebe und Geborgenheit erlebe. Natürlich bei einem Mann. Das konnte man sich ja ausrechnen. Der sei zwar älter als sie, aber erst jetzt merke sie, was es heisse, als Person ernst genommen zu werden. Immer geht es bloss um sie. Das ist typisch. Dem Mann könne sie ihre Gedichte zeigen, um die sie so ein Tamtam macht. Und er sage sehr wichtige Sachen dazu. Ja dann! Prost. Also die wird schon noch auf die Welt kommen! Da bin ich zuversichtlich. Nie habe sie sich freier gefühlt als bei ihm. Sie wolle jetzt bei ihm bleiben und mehr so kindisches Zeugs. Wie gesagt, die kommt noch auf die Welt. Da kann man einfach abwarten. Aber eins macht mich rasend. Zugegeben, es ist nur ein Verdacht. Aber es war mein erster Gedanke, als ich den Brief las. Zugegeben. Es ist wegen Philipp. Das ist nämlich mein Ehemaliger. Der hat jetzt ja eine kleine Wohnung in der Stadt, seit wir uns vor einem halben Jahr getrennt haben. Und der, der hat sie ja immer schon speziell gefunden, die „herzige Astrid". Und in der Beziehung ist die natürlich ein Biest ohne Wenn und Aber. Da bin ich sicher! Ich sag nur, sollte sich mein Verdacht bewahrheiten, dann Gnad ihr Gott! Dann wird die mich noch von einer ganz anderen Seite kennen lernen. Das schwör ich!

Vom Dunkel getragen.
Ich begegnete einem grossen Schatten
in einem Paar Augen.
(Tomas Tranströmer)

DAS GEDICHT

Er sollte jetzt schreiben. Es war ja schon wieder Freitag. Er hatte seinen Rollstuhl an den Schreibtisch vor dem Fenster gerollt, den Computer hochgefahren, ein leeres Dokument geöffnet. Bei der Scheune drüben zerhackte Kalle Kieferklötze zu Brennholz. Der arme Kalle! Vor dem Mund des Jungen dampfte der Atem. Es war noch immer kalt, feuchtkalt, obschon Anfang April. Seit Tagen wieder Nebel; wie wässrige Milch floss er zwischen den Holzhäusern und Ställen des kleinen Weilers. Vom Meer drunten keine Spur. Nur ab und zu das spottlustige Gelächter der Möwen. Er nahm es den Vögeln übel. Wie in feuchte Lappen gehüllt erreichten die Schläge von Kalles Axt sein Ohr. Er atmete. Er seufzte. Jede Woche mindestens ein Gedicht, hatte er sich vorgenommen. Aber heute etwas anderes! Nicht schon wieder dasselbe! - Seine Intuition war irgendwie festgefahren. Die Räder drehten im Dreck. Der Kühlschrank surrte in der Ecke. Noch aufdringlicher als letzte Woche, schien ihm. Aber den Stecker rausziehen ging nicht. Es musste alles seine Ordnung haben, weiss Gott. Jetzt erst recht. Er fröstelte.

Elisa hatte sich neben ihn gesetzt, ihren Kopf auf seinen Oberschenkel gelegt. Wenn immer möglich suchte sie Körperkontakt zu ihm. Sie schnaufte zufrieden. Ihr Fell war hart und drahtig, Farbe Pfeffer und Salz. Für einen Riesenschnauzer war sie eher zu gedrungen. Er hatte letzte Woche ihren Schnauzbart und die struppigen Augenbrauen getrimmt. Jetzt konnte man ihre Bernstein-Augen wieder richtig sehen. Er rückte sich im Rollstuhl zurecht. Elisa roch nach Kuhmist und Seetang. - Er atmete ihren Geruch tief ein. Und noch einmal. Er suchte den Bernsteinblick des Tieres. Sein Herz schlug jetzt härter und schneller - und als spränge er von einer Brücke, stürzte er plötzlich in sich hinein ...

... da löste sich die Hündin von ihm, erhob sich langsam. Ihre Bewegungen hatten jetzt etwas Lauerndes, ihre Muskeln spannten sich, ihre Bernsteinaugen glommen. Dann begann sie zu laufen. Mit gestreckten Läufen in weiten Sätzen. Er folgte ihr mühelos, tauchte ein in raumlose Finsternis. Ritt auf ihr. Die Hündin schoss mit ihm durch die Nacht. Wie zielstrebig sie rannte! Ihr Pfeffer und Salz im unheiligen Schwarz. In Böen wallte ihnen warmer Wind entgegen. Aber wie vom Ziel angesogen, ritten sie dagegen. Da! Unversehens erhob sich vor ihnen ein Etwas. Ein hoher Umriss aus Mauerschwarz. Es war wieder die Wand. Darin wieder die Tür. Endlich! Er schauderte. Wusste, was nun kommen würde. Die Tür stand angelehnt. Elisa schlüpfte ungehindert hinein. Er hintendrein in den blutroten Raum, wo ein Licht von der Decke gleisste. Und ja, da war sie, da war sie wieder, seine Schwester Alice mit Klein-Kalle im Arm – in der Mitte dieses glühenden, splitternackten Raums. Sein Herz verkrampfte, denn er war ihren Augen begegnet, ihren Augen und dem Schatten darin, dem grossen Schatten, den er fürchtete wie sonst nichts auf der Welt. Du fehlst mir, Alice! Du fehlst mir über alles! wollte er schreien und zu ihr hin, zu ihr hin in einem Sprung. Er war ja stark auf den Beinen, so wie früher, vor ihrem Unfall… aber nun bellte Elisa wütend ins Bild hinein, nachdem sie wohl vergeblich mit ihrer Nase gegen sein Knie gestupst hatte. Sie mochte es nicht, wenn er abwesend träumte, und holte ihn abrupt zurück vor den Monitor.

Durchs Fenster sah er nun Kalle mit der Axt in der Hand gegen das Haus hin kommen. Sein Herz schlug heftig gegen den Brustkorb. Er blickte auf das leere

Dokument vor sich und tippte hastig - wie schon letzten und vorletzten Freitag:

Vom Dunkel getragen.
Ich begegnete einem grossen Schatten
in einem Paar Augen.

Dann speicherte er den Text und schob Elisas Kopf von seinem Knie. Ihm war kalt. Er rollte hinüber zu der Ecke, beugte sich vor und mit einem entschiedenen Griff zog er dem Kühlschrank den Stecker. Das Surren verstummte. Er schlotterte. Kalle hatte das Haus betreten.

DER AUGENBLICKSPRÜFER

Ich habe einen entfernten Onkel. Seit einem Unfall, der ihn in seinem sechzehnten Lebensjahr ereilt habe, habe er wahrscheinlich unwiederbringlich seinen Appetit verloren. Er habe zwar seither mit Hilfe unzähliger Geistheiler versucht, seinen Appetit wiederzufinden, bisher aber ohne Erfolg. Er macht keinen Hehl daraus, dass er die Welt für eine Fehlkonstruktion hält und seine Tablettenexistenz hasst, obwohl er einer der weltweit anerkanntesten Experten auf dem Gebiet der Augenblicks-Prüfung ist.

Mein Onkel arbeitet nämlich seit 30 Jahren im *Internationalen Institut für Kopfarbeit*. Sein Ressort sind die Augenblicke. Sieben Tage in der Woche sitzt er neun bis zehn Stunden lang mit der Klemmlupe am rechten Auge im Gleisskegel einer Jupiterlampe an seinem Werktisch und überprüft Augenblicke, die dem Institut aus allen Windrichtungen zur Begutachtung zugeschickt werden, auf ihre Echtheit. Sein ausserordentliches Talent als Experte auf diesem Gebiet verdankt er wohl dem einfachen Umstand, dass sein eigenes Leben echter Augenblicke fast gänzlich entbehrt und ihn infolgedessen geradezu intime Vertrautheit mit Falsifi-

katen jeden Grades verbindet. Dazu kommt die ange-
borene Neigung, sich mit Winzigkeiten, zu denen Augenblicke ihrer Natur gemäss gehören, hingebungsvoll
zu beschäftigen, und das handwerkliche Geschick im
Umgang des bei der Expertise unentbehrlichen Instru-
mentariums, das da besteht aus: Zeigerzange, Korn-
zange, Stichel, Schraubenmeissel und - zur Lösung ge-
legentlich auftretenden Verhedderungen und man-
gelnder Lubrifikation - der Ölspritze.

Ein echter Augenblick, sagt mein Onkel, sei ein relativ
rares Phänomen, weshalb er, liege ihm ein Augenblick
zur Echtheitsprüfung vor, stets von der heuristischen
Annahme ausgehe, ein Imitat, ein Duplikat oder
schlicht gesagt, ein Falsum, vor sich zu haben, bis sich
– wider die statistische Erwartbarkeit – das Gegenteil
erwiesen habe. Dabei sei es von grundlegender Bedeutung, den gefälschten Augenblick nicht mit den falschen zu vermengen bzw. die beiden Kategorien säu-
berlich auseinanderzuhalten, denn der falsche Augenblick trete sowohl im Modus der Echtheit als echt falscher Augenblick auf wie auch im Modus der Fäl-
schung als gefälscht falscher Augenblick auf, wobei
Letzterer wiederum viel häufiger sei als ersterer, an
sich jedoch substanzarm und im Allgemeinen lediglich

eine Funktion masslos übersteigerter Sinnbedürfnisse sei.

Doch zweifellos sei der Augenblick, als er vor 40 Jahren unterhalb von Fiesch an einem Bergbach sein Wasser lassend von der Flutwelle eines sich entleerenden Staubeckens der Gommer Kraftwerke mitgerissen worden sei, der echt falsche Augenblick zur Befriedigung seines Bedürfnisses gewesen. Seither sitze er nämlich im Rollstuhl. Man mag es dem Gram über sein Unglück zurechnen, dass er – angesichts des generellen Weltzustandes, wie er sagt - persönlich den Verdacht hegt, der Urknall sei zu einem falschen Zeitpunkt über die Bühne gegangen, und zwar nicht nur zum gefälscht falschen, sondern hier wiederum zum echt falschen Augenblick. Aber diese beinahe theologische Spekulation äussert er – unter uns gesagt - selbstverständlich nur privat, um seinen Ruf als wissenschaftlicher Augenblicksprüfer nicht leichtsinnig aufs Spiel zu setzen. Es überrascht Sie vielleicht zu hören, dass mein Onkel zwar keinen Nachwuchs gezeugt hat, aber doch zweimal verheiratet gewesen ist, wobei die erste Ehe allerdings schon noch einem halben Jahr wieder geschieden wurde, die zweite aber immerhin siebenunddreissig Jahre gehalten hat. Sowohl für die Kürze der einen wie für die Länge der zweiten Ehe sei die ausserordentliche Inanspruchnahme durch das *Institut für Denkarbeit* im Allgemeinen und die Augenblicksprüferei im Besonderen ausschlaggebend gewesen, sagt mein Onkel.

DER UNTERGANG

Das Leben ist ein Kampf und er hatte nicht vor, ihn zu verlieren. Eisig kalt war die Nacht und klar. Er war noch ein paar Schritte auf dem Promenadendeck spazieren gegangen und hatte entsetzt in den Sternenhimmel hinaufgeschaut. Nicht zu fassen, dieses Gewimmel! Und er hatte schon wieder an Elsa gedacht und jetzt sass er ein Deck höher im Rauchsalon und blickte auf das Gemälde von Wilkinson, „The approach of the new world", das die Einfahrt in den Hafen von New York mit der Freiheitsstatue vor blutroter Abendsonne zeigte. Von unten erklangen die Rhythmen der Schiffsband. Er hatte sich eine Montecristo angezündet. Auf den Knien hatte er Gobineaus Essay *Über die Ungleichheit der menschlichen Rassen*; es war zwanzig Minuten vor Mitternacht, als der teppichbelegte Boden plötzlich bebte; das Kristall der Leuchter klirrte und die Glasfüllungen in der Eingangsdoppeltür schepperten leise. Es klang wie Elsas Kichern. Und von unten her, irgendwo aus dem Bauch des Schiffes, ertönte ein langgezogenes, dumpfes, tierisches Ächzen. Wie von einem verwundeten Tier. - Das Glas mit dem Whisky vor ihm hopste auf dem runden Marmortischchen. - Ein Erdbeben? Mitten auf dem Nordatlantik!? – Wie vor dreizehn

Jahren in Oaxaca, als er die Reportage über die letzten Tage Maximilians, des Kaisers von Mexiko, geschrieben hatte. Das war ein Beben mit der Magnitude 8.4 gewesen. Im Vergleich zu damals war das nichts, gar nichts, sein Whisky-Glas stand schon wieder soldatisch stramm. Er nahm einen Schluck. Übermorgen Mittag würde man in New York ankommen. Damals in Oaxaca war er panisch aus seinem ebenerdig gelegenen Hotelzimmer in den paradiesischen Garten hinausgestürzt, nackt, nur mit vorgehaltenem Leintuch, zwischen blühende Agaven und besinnungslos kreischende Papageien. Da hatte er ausgeharrt, bis sich das Geboxe im Erdinnern ausgetobt hatte. Ein verschreckter Adam – ohne Eva. Er war ja Junggeselle. Im Prinzip war er Junggeselle. Maximilian hatte vor seiner Erschießung die Soldaten des Hinrichtungskomitees beruhigt, sie täten ja bloss ihre Pflicht, ihnen Goldmünzen zugesteckt und sie gebeten, beim Schiessen sein Gesicht zu schonen, damit seine Mutter nachher seinen Leichnam identifizieren könne. - Das war ein Mann, fand William Stead. So musste man dem Tod entgegentreten…

Seit einem Jahr schrieb er für die Sonntagsausgabe der SUN; Ressort *Volksgesundheit und Kulturkampf*. Im

Auftrag der Zeitung war er auf dem Weg nach New York. Die Redaktion hatte ihm ein 1.Klasse-Ticket besorgt. Am 20. April würde im Hotel Cecil der *Erste Internationale Eugenische Kongress* durch den Vorsitzenden Major Leonard Darwin, den Sohn von Charles Darwin, eröffnet werden. Illustre Gäste wurden erwartet, unter anderem Winston Churchill und James S. Sherman, der amerikanische Vizepräsident. Fundamentale Fragen standen auf der Tagesordnung: der Fortschritt der menschlichen Rasse durch Prinzipien der Höherzüchtung; die Bekämpfung von Erbkrankheiten durch Sterilisation; gelenkte Evolution mittels umfänglicher Rassenhygiene. Fragen, die auf der Höhe der Zeit waren. Fragen, die eine Perspektive für die Zukunft eröffneten. Und die Antworten lagen auf der Hand des weissen Mannes. - Untergang des Abendlands! Dass er nicht lachte! Defätistisches Geschwätz war das! Faule Negerphilosophie! Soweit war man noch lange nicht! Dagegen konnte was getan werden! Erwacht endlich, Titanen!

Er zog an seiner Montecristo. Elsa mochte den Zigarrenrauch nicht. Er stellte sich vor, wie sie ihre Nase kraus zog, ohne ihn anzublicken. Die kleine, rundum runde Elsa. Seit drei Jahren, seit dem Tod seiner

Mutter, machte sie ihm die Wäsche, kaufte ein, kochte, führte den Staubwedel, bohnerte die Böden, wichste seine Stiefel, er konnte sich eine Haushälterin leisten. Aber seit sie im April vor einem Jahr beim Aufhängen der gewaschenen Salonvorhänge vom Stuhl gestürzt war, war das Verhältnis zwischen ihnen in Unordnung geraten. Sie hatte heftig atmend auf dem afghanischen Nomadenteppich gelegen. Er hatte sie auf seine Arme geladen und zum Kanapee hinüber gehievt. „Da, Mr. Stead, die Knöchel", hatte sie ihm ins Ohr gestöhnt, und er machte sich daran, ihr die Schnürstiefel aufzudröseln. Dabei geriet er, er erinnerte sich nicht wie, unter ihre Röcke und damit auf äusserst abschüssiges Gelände, zuerst ein-, dann beidhändig – und es geschah in der Folge, was einerseits trivial, anderseits vom eugenischen Standpunkt her in seinen Augen äusserst fragwürdig war.

Kurz nach Mitternacht betrat Mr. Gardient den Rauchsalon. Gardient war die Tischbekanntschaft mit dem instabilen Magen; er hatte sich heute Abend beim Dinner nach dem siebten Gang, dem gebratenen Täubchen auf Kresse, entschuldigt und käsebleich in seine Kabine zurückgezogen. Jetzt schritt er schnell heran; er hatte diesen bitteren Zug von Magenkranken um den Mund.

Der Mann ist gar nicht fit, dachte Stead, er sieht zum Kotzen aus. - „Mr. Stead", sagte Gardient, „ich erlaube mir… mein Gott, wir gehen unter - der Squash-Platz im Unterdeck steht schon unter Wasser, knietief, ich hab's mit eigenen Augen gesehen. Entsetzlich! Nach Berechnungen von Mr. Andrew können wir uns noch eine Stunde halten, höchstens anderthalb. Gott steh uns bei!" - Jetzt erst bemerkte Stead, dass das, was ihm Gardient entgegenhielt, eine Schwimmweste war. Stead zog an seiner Montecristo und paffte den Rauch über sich gegen die Decke. - „Schauen Sie doch in jedem Fall morgen mal beim Schiffs-Doc vorbei!", sagt er. «Sie sehen nicht gut aus.» Mr. Gardient glotzte ihn an, machte kehrt und eilte davon.

Seit sein Umgang mit Elsa fleischlich geworden war, verschleuderte er sein nordisches Rassenerbe in diese kurzgliedrige, untersetzte, rundköpfige, eugenisch hochgradig unideal gestaltete Weibsperson. Mütterlicherseits stammte sie angeblich aus einem rückständigen Waldgebiet im Süden Deutschlands. Sie trug kartoffelbraune Röcke aus Drillich und lila Blusen und flocht ihre dicken Bauernzöpfe zu einem schimmernden Haarkranz.

In Bezug auf sich selber war Stead natürlich ziemlich enttäuscht. Er hätte von sich entschieden mehr eugenische Grundsatztreue erwartet. Aber was sollte er tun? Elsa putzte, schrubbte, wusch, spülte, behielt die Vorräte in der Speisekammer im Auge, kurz, sie gab seiner Untauglichkeit in häuslichen Belangen das nötige Gegengewicht. Dagegen war nichts einzuwenden, so musste es sein. Doch manchmal, wenn er die Petrollampe gelöscht hatte, lösten sich eugenische Vorbehalte, auf die er bei Tageslicht jederzeit einen Eid abgelegt hätte, auf wie Zucker im Wasserglas. Manchmal, aber fatalerweise viel zu oft. Und wie als Rache für seine eugenische Zuchtlosigkeit war das letzte Jahr durchsetzt gewesen von Anzeichen drohenden Unheils: Eines Nachts hatte sich nämlich - ohne Vorwarnung - sein Kamin entzündet. Flammen schossen aus der Kaminmündung, Schwärme von Funken stoben in den Nachthimmel. Sich auf die Unterlippe beissend hatte Stead von der Dachzinne aus die heftige Brunst verfolgt. Zum Glück hatte die Feuerwehr Schlimmeres verhindern können. Aber dann war in der Nacht vor Sylvester der Topf seines Fensterblatts, einer ausgewachsenen Monstera Deliciosa, im Salon mit heftigem Knall explodiert und hatte Schwaden gewässerter

Topferde auf das Riemen-Parkett gespuckt. Ein Riesenhaufen Schlamm und Dreck! Das war genau in jener Nacht, als die Vollmondstrahlen wieder einmal direkt auf seine, also ihre Bettstatt gefallen waren – mit der fatalen Wirkung, dass er gleich zweimal hintereinander schwere Schuld wider das Gebot eugenischer Reinheit auf sich geladen hatte. Aber alle Schuld rächt sich auf Erden. So hatte er es dann geradezu resigniert hingenommen, dass anfangs Februar der Sturmwind drei Estrichfenster eingedrückt hatte. – Und nun schien ihm der nächste Schlamassel bevorzustehen. Er legte die Schwimmweste, die ihm Mr. Gardient aufgenötigt hatte, zu seinen Füssen nieder.

Man konnte es eben drehen und wenden, wie man wollte: Elsa war ein Schmutzfleck in seinem Leben. Er hatte sein Blut verraten; er war ein haltloser Schwächling. Diese Schnürstiefel, der kartoffelbraune Rock und der ganze lila Rest. Ein Hohn! Er war simpel nicht Manns genug gewesen; er hätte mehr Profil zeigen müssen, mehr Kaiser Maximilian! Aber er hatte einfach die Tendenz, in kritischen Situationen schlapp zu machen, den auflösenden Mächten in die Falle zu gehen. Die Schiffskapelle spielte unermüdlich Ragtime-Melodien. Ein bisschen entartet, aber flott. Vorgestern, beim

Vier-Uhr-Tee, hatte er mit Mr. Hartley, dem Dirigenten, ein paar Worte gewechselt. Ein Gentleman von Kopf bis Fuss. Ziemlich nordisches Profil. - Was hatte er da eben noch bei Gobineau gelesen? *„Eine Nation stirbt, wenn sie aus degenerierten Bestandteilen zusammengesetzt ist."* Er seufzte. Seufzte noch einmal. - Zwanzig Minuten nach Mitternacht. Von oben, vermutlich vom Bootsdeck, war zu vernehmen, wie mehrere mit Megaphonen verstärkte Offiziersstimmen Frauen und Kinder zu den Abfierungsstellen für die Rettungsboote beorderten. Er hörte aufgeregte Rufe von allen Seiten und hektisches Getrampel vieler Füsse; - der Tumult draussen nahm von Minute zu Minute zu. Weiber schrien, Männer brüllten, Ketten rasselten. Er drückte die halb abgerauchte Montecristo im Ascher gewaltsam aus, stopfte den Gobineau in die Brusttasche seines Saccos und schlüpfte in den Gehpelz, den er auf dem Sessel gegenüber abgelegt hatte. Die Schwimmweste stiess er mit dem Fuss weg. -
Die Nachtkälte biss sofort in sein Gesicht. Er riss den Pelzkragen hoch und zog seinen Kopf ein. Stand das Deck nicht widernatürlich schräg gegen Bug hin? Auf dem Steuerhaus blinkte eine Morselampe. Es war noch nicht ein Uhr. Immer noch Sternengewimmel. Kein

Mond. Es hatten sich stumm drängende Passagiertrauben um die Davits mit den Rettungsbooten gebildet. Viele trugen ihre Mäntel über der Nachtbekleidung, hatten sich dazu in Schiffswolldecken gehüllt. Eine entnervte Männerstimme schrie: „Zurück, verdammt noch mal!" Eine Leuchtrakete zischte in den Himmel, dann gleich noch eine. Orange Leuchtkugeln hingen dann über dem Deck und wischten die Sterne aus. Über Köpfe hinweg sah William Stead, wie zwei Matrosen einer Lady mit hochgetürmten Haaren und einem Kind umständlich in ein Rettungsboot halfen. - „Männer zurück!", brüllte ein Offizier und gab von seiner Pistole einen Warnschuss ab. Zwischendurch wieder Stille wie mit Zähnen, nur noch Scharren und Tippeln von Schuhsohlen auf den Deckplanken. Wieder eine Leuchtrakete. Stead stand und schluckte einsam und dann – auf einmal erkannte er sie; im ersten Augenblick, dachte er, es sei Elsa. Sie stand plötzlich klein und schlotternd neben ihm, rundgesichtig, das Haar zu einem schimmernden Kranz um den kugligen Kopf gewunden. Bestimmt eine Dritt-Klass-Passagierin. Mit verkrampften Fingern hielt sie die Zipfel einer Wolldecke mit dem Schriftzug der *R.M.S. Titanic* über ihrer Brust zusammen. Vor Angst hatte sie Mund und braune Augen weit aufgerissen. „Kommen Sie!", sagte Stead und legte einen Arm um ihre Schultern, „Komm!" Dann kämpfte er sich mit ihr im Arm wie ein Pflug durch den Menschenklüngel. „Sie ist schwanger", schrie er wie ein Berserker, „Sie muss unbedingt weg! Sie ist schwanger!" Er ruhte nicht, bevor sie das Rettungsboot bestiegen hatte, das besinnungslos hastig arbeitende Matrosen dann halbleer unter schrecklichem Kettengerassel in die Finsternis nach unten abfierten.

Dann machte William Stead kehrt. Er suchte einen Abgang zum nächstunteren Deck, wo seine Kajüte lag. Nummer 311. Eine Luxuseinzelkabine. Er verschloss die Kajütentür hinter sich, hängte seinen Gehpelz an einen der messingenen Haken an der Wand und suchte sein langes, hageres Gesicht im Spiegel über dem Lavabo. Jetzt durchschoss die Todesangst seine Abwehr mit Wucht. Sie nahm ihm den Atem. Beidhändig riss er sein Hemd bis zur Brust hinunter auf. Einen Moment lang musste er sich am Lavabo festhalten. „Maximilian!", flüsterte er sich zu, „Maximilian!" – dann begann er mit den Vorbereitungen zu einer langen, letzten, sehr gründlichen Rasur…

We know that everybody has a problem, but we would hate to hear about it.

DER WURM

An und für sich hatte er es sich gut eingerichtet. Wenn er sich an die Regeln hielt, die er selbst gefunden hatte, war nichts zu befürchten. Anderseits – gegen alle Regeln – eines Morgens das: Nackt vor der Duschwanne stehend entdeckte er einen Regenwurm, der im Begriff war den flachen Rand der Wanne zu überwinden und auf seine Füsse zuzukriechen. Es handelte sich um ein circa 16 Zentimeter langes Exemplar, braunviolett mit einem milchig gefärbten Gürtelring im vorderen Bereich. Seit dem Fortgang seiner Frau vor drei Jahren war er nicht mehr so aufgewühlt. Woher kam das widerwärtige Ding? Etwa von unten, aus dem Ablauf seiner Dusche? Er wohnte im dritten Stock eines Mietshauses, wo Walli und er fünfunddreissig Jahre gemeinsam gewohnt hatten. Dass so eine Kreatur gegen zwanzig Meter Höhenunterschied aus eigener Kraft überwand, war doch nicht möglich, oder? Hatte er ein Wurmei an seiner Schuhsohle mit hochgebracht und irgendwo in seiner Wohnung abgestreift? Er verliess die Wohnung eigentlich nur noch zum Einkaufen und für die Bibliothek. Aber ein Wurmei ist ein Wurmei und ein Wurm ist ein Wurm. Und sechzehn Zentimeter sind sechzehn Zentimeter. Da gab es einfach unleugbare Unterschiede. Er war ein Mensch, der auf Hygiene hielt. Also holte er im Trab, nackt wie er war, Kehrichtschaufel und den Kehrichtbesen aus der Küche, wischte den sich nun ziemlich unbeholfen auf den Badzimmerfliesen ringelnden Widerling auf die Schaufel, kippte ihn in die Toilettenschüssel, spülte entschlossen und brachte so den ungebetenen Gast im Wasserstrudel ganz natürlich zum Verschwinden. Zweimal spülte er zur Sicherheit nach.

Er duschte gründlich, benutzte etwas reichlicher Duschgel als sonst. Zwischendurch schielte er einige Male zum Ablauf, durch den das blasentreibende Wasser gurgelnd entwich. Dann zog er ein frisches weisses Hemd und die blaue Hose an. Er machte sich Kaffee. Auf die Wurst, die er gestern gekauft hatte, verspürte er keine Lust. Eigentlich hatte er überhaupt keinen Appetit. Trotzdem toastete er einige Schnitten Weissbrot und bestrich sie mit Butter und Honig. Er sass am Tisch und kaute. Hinter ihm tickte die Wanduhr; er blickte aus dem Fenster auf den gegenüberliegenden Hang, wo eine Herde Schafe weidete. Er beobachtete das hieroglyphische Hin und Her der Schafe, der schwarzen und der weissen. Es war ein grauer Tag. Auf dem Fenstersims stand ein Topf mit Geranien. Er würde sie heute noch giessen müssen. Er räumte das Geschirr in die Küche, spülte, versorgte alles im Schrank. An der Schranktür hatte er zwei Zettel befestigt. Auf dem einen stand: «Verweile nicht in der Vergangenheit, träume nicht von der Zukunft. Konzentriere dich auf den gegenwärtigen Moment.» Der andere lautete: «Erwarte nichts. Heute. Das ist das Leben.» Er liebte solche Sprüche. Der erste war von Buddha, der zweite von Tucholsky. Man darf sich nicht immer mit der Vergangenheit beschäftigen. Was passiert ist, ist passiert. Es hat keinen Wert, sich zu hintersinnen. Er ging hinüber zu seinem Schreibtisch. Der war überschwemmt mit Zetteln, auf denen er Lebensweisheiten notiert hatte. Es war höchste Zeit, dass man sich ein bisschen Lebensweisheit zulegte. Seit Monaten notierte er sich Lebensweisheiten aus Spruchbüchern, die er aus der Bibliothek ausgeliehen hatte. Und auf einem Tablar seines Büchergestells lagerten zwei Schuhschachteln mit Hunderten von nützlichen Lebensweisheiten. Er hatte sich vorgenommen, die Zettel in eine katalogische Ordnung zu bringen, um sich über den Wirrwarr einen Überblick zu verschaffen. Er versprach sich einen praktischen Nutzen davon. Es war eine Heidenarbeit, seit Wochen bastelte er daran, aber es war eine Beschäftigung. Irgendwie musste er sich ja beschäftigen. Man konnte nicht den ganzen Tag Schafe beobachten und daran denken, was geschehen war, was nicht geschehen war und was nun geschehen sollte. Er hatte Kategorien erfunden, wie z.B. «Gegen das Unglück» oder «Gegen die innere Unruhe» oder «Gegen die Unordnung». Mehrere Systeme hatte er erprobt, trotzdem gab es immer Sprüche, die sich querstellten, sich nicht in die von ihm erdachte Ordnung einfügen wollten. Er setzte sich. Auf dem Tisch lagen die Zettel, die heute auf die ordentliche Einfächerung warteten. Er stockte. Auf einem der Zettel stand: *„Jeder Mensch hat seinen Wurm."* Wieder Goethe. Er mochte den Spruch nicht, heute weniger denn je. Würmer gehörten einfach in die Kategorie von Kakerlaken, Wanzen, Flöhen und Ratten, zum Dunkeln des Lebens, das man sich besser vom Leibe hielt. Davon hatte er genug gehabt. Jetzt galt es, sich entschieden dem Licht zuzuwenden. Er zerknüllte den Zettel mit Goethes Spruch zu einem Kügelchen und schluckte ihn herunter. Dann stand er auf und ging ins Badezimmer, um zu kontrollieren, ob der Wurm von unten in die Toilettenschüssel zurückgekehrt war. Er kontrollierte die Duschwanne, den Duschvorhang, schaute hinter die Badzimmertür. Nichts. Trotzdem blieb das ungute, irgendwie wurmige Gefühl. Er begann zu suchen. Hinter dem Topf mit der Geranie. Unter dem Esstisch, im Brotkorb, im Glas mit dem Mehl, im Gefrierfach. Er suchte ohne Methode. Eine halbe Stunde lang. Was ist denn mit mir los? dachte er erschöpft. – Schweissnass legte er sich im Schlafzimmer auf das halb aufgedeckte Bett und atmete hastig zur Stuckrosette an der Decke empor. Er grübelte. Ja, er spürte, da war wieder etwas. Da war etwas. Vermutlich wegen dieses widerlichen Wurms. Es kam ihm ein anderer Spruch in den Sinn, den er letzte Woche eingeordnet hatte: «Im schönsten Apfel sitzt der Wurm. Und ist kein Wurm drin, so wäre doch gern einer drin.» - «Siehst du, Walli, so ist das», sagte er laut vor sich hin. Seine Gedanken rasten zurück in die dunkelste aller Nächte. Was geschehen war – nun gut, es war geschehen, daran konnte man nichts ändern. So war es halt. Nur, dass Walli so ein Drama daraus gemacht hatte … Es war jetzt drei Jahre her. - Als jetzt ein scharfer Sonnenstrahl durch die Vorhänge auf den unaufgedeckten Teil ihres gemeinsamen Bettes stiess, riss er den gerippten Bettüberwurf von Wallis verwaistem

Kissen, als zöge er den Balg von einem getöteten Tier. Denn ihm war, als habe sich drunter etwas bewegt…

DIE BEWERBUNG

Matratzenhaus Bella Stella AG

6667 Schwarzgrund

Zu Hd. von Frau G. Gall

Bert Rüdisüli

Am Boden 17

0776 Gickelheim

079 222 00 22

berü@hotmail.com

Betreff: Bewerbung als Schlafberater im Aussendienst (Region Napf)

Ihr Inserat bei www.jobs.ch

Gickelheim, den 27. Januar 2014

Sehr geehrte Frau Gall

Kurz entschieden möchte ich mich auf Ihr Inserat hin bewerben, denn rund um die Welt liegen tausende, ja abertausende Menschen auf quietschenden Matratzen voll Milbenkot, Hautschuppen, Urinrückständen, im Muff von Bakterien- und Schimmelnestern. Sie schlafen schlecht und wälzen sich. Sie kratzen sich und wissen nicht, wo ein und aus. Als Fachmann könnte man sich glatt hintersinnen über so viel Plage, nur weil man aus purem Unwissen auf der verkehrten Matratze gelandet ist. Schlimm, wenn der Schlafplatz nichts ist als eine Brutstätte von Unglück und Verderben! Ich darf gestehen, geehrte Frau Gall, das geht mir nah. Was dagegen meine familiäre Herkunft angeht, kann ich sagen, haben wir seit Generationen ein hoch entwickeltes Matratzen-Bewusstsein, denn schon meine Oma hatte wegen ihrer steifen Wirbelsäule und ihren Nackenwirbelabnützungserscheinungen eine Air-Matratze von Bella Stella. Und mein Vater lag praktisch lebenslänglich auf Ihrer Baba Star (die mit den 18 Luftkammern), und am Schluss sogar auf der Baba Avantgarde (24 Luftkammern), mit seinem Morbus Bechterew nämlich. Und ich selbst bin - nach selbstquälerischen Jahren auf einer Polyurethan-Kaltschaummatratze chinesischer Herkunft - vor zwei Jahren endlich auf der *Traumnacht* aus Ihrem Hause angekommen, genau gesagt, auf dem Modell mit den eingewobenen Silberfäden gegen die Staubmilben, denn ich bin absolut allergisch gegen Milbenkot. (Schon in kleinsten Mengen sofort Asthma!). Zur *Traumnacht* kann ich Ihnen eigentlich nur gratulieren, sie ist als Luftsystemprodukt nicht zu toppen, auch preislich. (Meine Freundinnen sind richtig wild aufs Probeliegen, wenn Sie wissen, was ich meine) und ich glaub, damit bringe ich schon mal rüber, warum Schlafberatung für mich die Top-Option wäre, auch wenn ich in der Napf-Region noch so nicht bewandert bin. Das sag ich am besten gleich. Ausbildungsmässig wäre ich für die Stelle als Schlafberater bei Bella Stella bestens gerüstet. Meine ursprüngliche Ausbildung als Geflügelfachmann auf einem Swissmeat-Geflügelhof im aargauischen H. musste ich leider wegen ausbrechender Hühnerphobie (Alekterophobie) abbrechen. Selbst mittels intensiver Hypnose-Therapie konnte keine Verringerung meiner Ängste erzielt werden, im Gegenteil: die Hühner raubten mir Nacht für Nacht den Schlaf und hatten es mit ihren Schnäbeln auf meine Augäpfel abgesehen. Grauenhaft! Doch genau aus dieser Lebensphase stammt meine Sensibilisierung für alles, was mit Schlaf zusammenhängt, weil das grösste Glück auf Erden ist doch eigentlich der ungestörte Schlaf. So habe ich im Sommer vor zwei Jahren die Master-Ausbildung zum zertifizierten Richtig-Liegen-und-Schlafberater bei Prof. Willy W. Preisendanz (Potsdam Süd) mit Auszeichnung abgeschlossen. (Siehe Kopie des Diploms und Prädikat auf Rückseite!) Ich betrachte es heute als meine persönliche Berufung, Schlafstörungen aller Art gezielt an den Kragen zu gehen beziehungsweise schlaflosen Bauch-, Rücken- wie Seitenschläfern mit individualisierten Liegelösungen beizuspringen. Wie Sie nun sehen, ist meine persönliche Neigung zur Matratzen-Problematik sowohl theoretisch wie auch praktisch untermauert, denn ich selbst wälzte mich ja in meiner Geflügelphase nächtelang auf besagter chinesischer Unterlage: Und sobald ich vor Erschöpfung ein eingeschlafen war, schreckte mich die Hühnerrotte wieder auf. Manchmal zeigt sich die Natur von ihrer erbarmungslosen Seite. Doch gerade dann macht die richtige Matratze einen entscheidenden Unterschied! Aber das muss ich Ihnen ja nicht erklären.

Wenn Sie, sehr geehrte Frau Gall, es mir ermöglichen würden, am Napf der Verbreitung des guten Schlafs förderlich zu sein, wäre ich meinem existenziellen Ideal einen Schritt näher. Und die Bella Stella AG könnte mit einem vom Leben erprobten Schlaf-Coach im Aussendienst rechnen.

Mit freundlichem Gruss

Bert Rüdisüli
Richtig-Liegen- und-Schlafberater, M.A.

...denn da ist keine Stelle, die dich nicht sieht.

Du musst dein Leben ändern.

(Rainer Maria Rilke, Archaïscher Torso Apollos)

DU MUSST DEIN LEBEN ÄNDERN!

Lasst uns über Bérénice sprechen, eine junge, vielleicht zu junge Frau, ein bisschen pummelig, ein bisschen schlampig, die sich eines Tages beim verträumten Studieren von Modekatalogen in eines der Models vergafft.

Es fällt ihr wie Schuppen von den Augen: So, genau so, sollte man also aussehen: Blondhaar windverwirbelt, grüne Katzenaugen, kühn hervor gewölbte Backenknochen, der Kussmund mit leicht geschürzter Oberlippe, und die Brüste, die sich unter der sandfarbenen Leinenbluse wölben, sanft gerundete Dünenhügel. Und wie schlank ist sie, Jesses! schlank wie eine Nixe! Wie muss das Leben heftig sein in einem solchen Körper!

Bérénice schneidet die Abbildung des Models aus der Zeitschrift. Es ist die April-Ausgabe der Zeitschrift *Shape - Aktuelle Informationen für die moderne Frau* - und piekt die Seite über dem Küchentisch an die Wand.

Bérénice ist klar: Du musst dein Leben ändern. Deshalb lässt sie sich die sandfarbene Leinenbluse mit der zugehörigen lila Leinenhose per Post kommen. Aber weder in der einen noch in der andern bringt sie ihre Pfunde unter. Wenn sie ihre Pasta in sich hineingabelt, sieht die Nixe von nun an auf sie herab, vorwurfsvoll oder bloss spöttisch. Bérénice schwankt kauend zwischen den zwei Varianten - und ringt sich zu einem weiteren Entschluss durch: 15-20 Pfunde müssen weg, sonst wird sie die sandfarbene Bluse nie tragen können, nicht zu reden von der lila Strandhose.

In der folgenden Woche lässt sich Bérénice – nachdem sie vorher noch einmal am Modell gründlich Mass genommen hat - ihre Haare auf blond umfärben und kunstvoll windverwirbeln. In einem Kosmetikstudio erlernt sie die Kunst, die Backenknochen je nach Bedürfnis mongolisch kühn oder wienerisch madlhaft zu schminken. Vor dem Spiegel in ihrer Eineinhalbzimmerwohnung übt sie blauäugig den grünen Katzenblick von unten schräg nach oben und von oben schräg auf die Seite. Täglich gibt es Augenblicke, wo sie das Gefühl überkommt, auf dem richtigen Weg zu sein und sich ihrem Ziel zügig anzunähern – und dann wieder Stunden tiefster Verzagtheit. Das pièce de résistance sind nämlich ihre Pfunde. Die Nixe an der Wand flüstert ihr Menu--Vorschläge zu, die ihr wie sadistische Zumutungen vorkommen. Aber nachdem sie ein paar Tage versucht hat, die Anweisungen in den Wind zu schlagen, ergibt sie sich ihnen. Es bricht die Zeit der geräucherten Forellenfilets auf Salatblatt mit einem Klacks Meerrettichschaum und drei Kapern an, die Wochen mit Magerquark auf Schwarzbrotschnitten, abwechslungsweise bestreut mit Schittlauchstückchen oder belegt mit Gurkenscheiben. Sie hungert; ihre spitze Nasenspitze wird spitzer und spitzer, während die Nixe unbeirrbar auf einer sanft gerundeten Nase mit zierlichen Sommersprossen über dem Nasensattel beharrt. Bérénice bringt den Gesichtschirurgen soweit, ihre Wünsche zu verstehen und ihr sogar vorzuschlagen, auch gleich die Ohren ein bisschen näher an den Kopf legen zu lassen.

Nach sieben Monaten ist sie nicht wiederzuerkennen. Per Zufall – wunderbarer Zufall! - erfährt sie gerade noch rechtzeitig, dass bei der Präsentation der Herbstmode im grössten Modehaus der Stadt ihre Nixe leibhaftig auf dem Laufsteg zu sehen sein wird. Das kommt ihr wie ein Entgelt für all ihre Anstrengungen vor, sich dem echten Leben zu nähern.

Vor der Show darf sie nichts essen, so diktiert es die Stimme von der Wand herunter. Erst nach der Show zwei halbe Karotten, in kleine Stücke geschnitten, und eine Scheibe Knäckebrot mit Sesam. Hunger macht nämlich schön! Hunger macht nämlich stark! Sie schlüpft jetzt in die sandfarbene Bluse und die lila Leinenhose, die ihren Körper widerstandslos in sich aufnehmen. Ihre Brüste wölben sich unter der sandfarbenen Leinenbluse wie sanft gerundete Dünenhügel. Aber kaum eine Sekunde unbeaufsichtigt, entwischt ihre Phantasie zu einem gehäuften Teller Makkaroni mit rösch gebratenen Schweinswürsten. Zu Griesspudding an Himbeersauce oder pinienkerngespickte Brownies oder…, doch die Nixe von der Wand herab mahnt unerbittlich zur Ordnung. Bérénice zwingt sich, an die in Aussicht gestellten Karottenhälften und das Knäckebrot zu denken und schminkt sich die Backenknochen vorbildmässig kühn. Die Ohren liegen an! Das Haar windverwirbelt. Nur die neue Nase ist noch nicht ganz verheilt. Dann ist es Zeit, zur Modeschau aufzubrechen. Sie geht schwingenden Ganges und klopfenden Herzens zum Modehaus.

Dann kommt der Moment: Sie sieht ihre Nixe leibhaftig über den Laufsteg schweben. Eine elementare Kraft reisst sie aus dem Zuschauergestühl hoch und schleudert sie nach vorn zu der göttlichen Gestalt, die da in unerreichbarer Erhabenheit im Scheinwerferlicht wandelt. Und wie eine böse, hässliche Kröte - wir berichten es mit Erleichterung - ist Bérénice in einem Sprung bei ihr und schlägt mit finaler Kraft auf sie ein.

FOX

„Eine Schoggi mélange, bitte!"– Sie wollte sich nochmals überlegen, was sie Eugen zu Weihnachten schenken könnte. Den Autostaubsauger? Den elektrischen Zapfenzieher? - Für Dodo jedenfalls das Headset für die On-line-Spiele, für Lili das Nachthemd. Sie hatte lange gezögert, bevor sie sich für das Modell *Happily ever after* entschieden hatte. War es vielleicht doch zu gewagt? Lili war letzten Monat zweiundzwanzig geworden. Also gut. Das passte schon. Aber für Eugen? Das meiste fand er eh überflüssig. Mit jedem Schluck Schoggi erlahmte der Schwung, mit dem sie mittags ihre Weihnachtseinkäufe begonnen hatte. Das Café war zum Platzen voll. Die Drehtür beim Eingang kam nicht zur Ruh. Rotgefrorene Gesichter, beschlagene Brillengläser, dicke Taschen, pralle Plastiksäcke. Jetzt erschrak sie. – Das war doch Fox! - Knapp fünf Meter von ihr entfernt. Gerade in den letzten Tagen hatte sie wenig an ihn gedacht. Es verschlug ihr den Atem. Vor mehr als 20 Jahren hatte sie ihn in der Murgsee-Hütte - nein, nicht kennen gelernt! - sie hatten einfach am selben Tisch Hörnli mit Gehacktem und Apfelmus gegessen. Er mit einem Freund, sie mit ihrer damaligen

Freundin Sandra. Sie hatten zu viert gelacht, geschwatzt - es war lustig gewesen. Und dann Sandras Idee, sie könnten zusammen unter dem Sternenhimmel um den kleinen Murgsee herumspazieren. Sie hatte zwar Blasen an den Füssen. Sandra ging mit dem andern voraus. Und auf einmal war sie mit Fox allein unter diesem irren Sternenhimmel, der sie winzig machte. War es die Erschöpfung nach dem Wandertag oder Übermut, was sie veranlasste, sich bei ihm einzuhängen? Sie fröstelte, lachte, war auf einmal wie aus dem Häuschen, er legte den Arm um sie - und dann küsste er sie, einfach so, als sei es das Selbstverständlichste auf der Welt. Umschlungen stolperten sie den höckerigen, von Kuhhufen aufgewühlten Pfad um das Seelein entlang, sprachlos, kopflos, küssten sich wieder, um diesem bodenlos glitzernden Abgrund über ihnen etwas zu entgegenzuhalten, wahrscheinlich. Es war, als gingen sie auf einem aberwitzig gespannten Seil. Sie schlotterten und lachten vor Seligkeit, Schreck, Kälte. Die Füsse spürte sie nicht. - Die anderen warteten sichtlich genervt vor der Hütte, machten blöde Sprüche: Ja, ja, auf der Alp, da gibt's kei Sünd. Im Massenlager fünf Schlafsäcke zwischen ihnen. Sie konnte nicht schlafen, wälzte stundenlang Blöcke schwer wie

Granit. Nach dem Frühstück sagte sie tschüss. Tapfer stieg sie ins Tal hinab, der Ehe mit Eugen entgegen, den sie liebte. Sie wusste nur, dass er Fox hiess, nach Tannenharz roch und Bärndeutsch sprach. Oder aargauerte. Der Weg war verbarrikadiert.

Zuerst war Lili gekommen, nach zweieinhalb Jahren Dodo. Dienstags arbeitete sie an der Empfangstheke der Zahnarztpraxis Dr. Leh, später auch donnerstags und freitags. Mittwoch waschen und putzen. Freitagabend Spanisch-Kurs mit Señor Sanchez an der Volkshochschule. Sex meistens am Sonntagmorgen. Lili wollte zuerst Saxophon spielen, dann Fagott, dann nichts mehr. Dodo ass lange überhaupt kein Gemüse und brachte himmelschreiende Noten nach Haus; er hatte nur Computer im Kopf. Verschiedene Lehrerinnen schlugen verschiedene Therapien vor. Im Sommer jeweils drei Wochen Costa Brava oder Costa Blanca. Danach zehn Tage Schlankheitsdiät. Einmal Peru - Macchu Picchu und Titicacasee. Aber nahe blieb der Murgsee; er grenzte direkt an ihr Schlafzimmer. Fox tappte leise an die Wand. Zuerst hie und da, dann mit der Zeit regelmässiger, hartnäckiger. Verströmte durch unsichtbare Ritzen seinen Tannenharzgeruch. Da half kein Ohropax. Irgendwann resignierte sie. Begann heimlich nach ihm zu suchen. Scannte im Kinosaal die Zuschauerreihen nach ihm, im Restaurant die Gäste, im Flughafen die Warteschlangen vor den Check-in-Schaltern, die Passanten auf dem Trottoir. Vergeblich. Sonst fehlte ihr eigentlich nichts. Eugen machte bei der Bank ein bisschen Karriere, setzte ein bisschen Fett an, spielte zweimal wöchentlich Tennis. War nett, verständnisvoll, treu. Sie liebte ihn. Sie konnte sich nicht beklagen. Oft war der Abgrund der Sehnsucht auch mit Wolken bedeckt.

Beim letzten Schluck Schoggi bebte die Tasse. Fox hatte in der anderen Ecke des Cafés einen Platz ergattert. Er schien sie nicht zu bemerken. Sie hatte sich natürlich verändert. Ein paar Kilos waren zu viel. Und sie hatte begonnen ihre grauen Haare herauswachsen zu lassen. Trotzdem musste sie ihn ansprechen. Da erhob sich Fox drüben an seinem Tisch, machte Schritte auf sie zu. Ihr Herz stockte. - Jetzt näherte sich ihm - flink und schlank - eine junge Frau und warf sich in seine Arme. Von hinten hätte es geradesogut ihre Tochter Lili sein können.

DIE BABOUSKA-TASCHE VON GUCCI

Ach Amélie, ich schäme mich, aber so ist es, ich geb's zu: Ich **hasse** sie. - Häng jetzt bitte nicht auf, ich brauch dich, du musst mir helfen, ich **hasse** sie, oui, c'est comme ça, je la déteste. - Mit der ganzen Klasse ist ja nicht viel los, das ist so ein verhätschelter, schlapper Haufen, passiv bis zum Geht-nicht-Mehr, aber **sie** hasse ich. Isebelle meine ich. Nein, nicht Isabelle, sondern Isebelle mit E – quasi hoch über alle Isabelles mit A erhaben! Quasi ein glänzender Stern über der Steinwüste. - Voilà, Isebelle mit der Gucci-Tasche, Modell Babouska, die mit den Fransen dran, Fransen wie eine Rossmähne, und so rockigen Nieten, die in allen Regenbogenfarben blinken. Zum Kotzen, Amélie, wie sie ihre Tasche vor sich hinstellt! Richtig zur Schau stellt! Seht nur alle her! Hier sitzt Isebelle, die einmalige Isebelle mit dem E an der genau richtigen Stelle und der fabelhaften Babouska-Tasche von Gucci. - Und dann ihre Fingernägel, Amélie, die solltest du sehen! Aber was sag ich Fingernägel? Richtige Nails sind das, zentimeterlang, metallic blue mit Glimmerspitzchen. Metallic blue mit Glimmerspitzchen und Designs drauf, rosa Röschen, weisse Kätzchen. Sans doute! eine mit solchen Nails, eine mit so einer Gucci-Tasche und einem solch wertvollen E präzis an der der richtigen Stelle muss ja top sein, VIP-mässig top, une vraie célébritée, vor so einer reisst's dich einfach auf die Knie wie vor einer leuchtenden Promi-Queen. – Sag ich Promi-Queen? Ein saudummes Huhn ist sie einfach, Amélie! - Da haben wir z.b. letzte Woche mit der Lektüre von Camus' *L' étranger* angefangen: *Au-jourd'hui, maman est morte. Ou peutêtre hier, je ne sais pas*, und so weiter. - Weisst du, was sie dazu sagte? - «Sie?», sagte sie, «Sie? müssen Sie um-bedingt immer so depressive Bücher bringen? In der Parallelklasse dürfen sie im Französisch einen Comedy-Club gucken. Vollgeil! Können wir nicht auch mal was Lustiges machen, Madame? Oder wollen Sie um-bedingt, dass wir depressiv werden, Madame!» – Die und depressiv! Die ganze Stunde kicher-kicher mit der Patricia rechts, Patrischa nennt die sich neuerdings, wahrscheinlich weil sie mit Einem von der International School geht, und kicher-kicher mit der Tony links, die nur ihr Pferd im Kopf hat, Jungs erst in zweiter Linie glaub ich, in erster Linie ihren Hengst oder was das ist … Jedenfalls alle drei mit akuter Aversion gegen Französisch. – Dafür dann aber *Black Swan*, dieser Hollywood-Schwanensee-Klumpatsch! Black Swan! Wow! absoluter Wahnsinn! Das höchste der Gefühle! Beide Daumen hoch, zack-zack! - Ach Amélie, ich glaub, ich werde alt. – Also die Einzige, die akut depressionsgefährdet ist, hörst du, bin ich, drum darfst du jetzt auf keinen Fall aufhängen, Amélie. - Jede Stunde kommt sie, Isebelle mein ich, drei Minuten zu spät, nur damit sie ihren Extraauftritt hat. Die braucht so was, davon lebt die, die ist nämlich sowas von egozentrisch, sag ich dir, schon krankhaft egozentrisch, narzisstisch bis zum Geht-nicht-Mehr. Da tänzelt sie auf ihren Ballerinas herein, wirft süsse Handküsschen rundum, nicht zu mir natürlich, aber zu diesen Deppen in der Klasse und die schlecken alles gierig auf, was sie ihnen zuwirft. Zu mir sagt sie beiläufig, mit einer Stimme wie aus Halb-Karton: «Excusez Madame, mon bus était en retard» – das Einzige übrigens, was sie auf Französisch rausbringt! - Und immer in diesen total anliegenden Leggings mit Schleierröckchen drüber, wo alles unten durchscheint - soll natürlich sexy sein, sieht aber billig aus, find ich persönlich, fast schon nuttig, wenn du weisst, was ich meine, mit all dem billigen Fummel an den Armen und den Bammel-Kreolen an den Ohren. Beine hat sie ja, zugegeben, aber sie ist schliesslich auch noch jung. -

Dann dieser Augenaufschlag! - Affektiert bis zum Geht-nicht-Mehr. Das macht die voll aus dem Instinkt heraus, die hat das im Blut, ein Biest, wenn du mich fragst. Klip-klip-klip zu Lele rüber, dass dem fast die Glubschaugen rausspringen, klip-klip zu Michi. Der Lele ist ihr ja völlig erlegen, seit Monaten völlig erlegen, sag ich dir, schon fast gelähmt von dem Gift, das sie ihm einträufelt, der hechelt mit hängender Zunge zu ihr rüber - mit offenem Maul und wie ausgerenktem Unterkiefer, und sie reckt ihm ihren Britney-Spears-Busen im XL-Ausschnitt entgegen, mit hohlem Kreuz, und spielt den Engel mit den Sternchenaugen, und positioniert ihre Babouska-Tasche natürlich so, dass der Lele freie Sicht hat. - Und ich soll denen Subjonctif und Conditionel beibringen und der Camus ist auf Seite 5 bereits ein toter Hund – ohne Hoffnung auf Wiederbelebung! Das ist zum einsam Untergehen, sag ich dir, jede Lektion mit denen ist ein Tauchgang in ein absolutes Tiefen-Tief. Und bevor du wieder an der Luft bist, kommt schon der nächste Hammer – wamm! – «Mon bus était en retard!» - Und wenn's läutet, dann flötet sie, die Promi-Queen mein ich: «Wer kommt mit zu Starbucks? Ich brauch jetzt um-bedingt einen Chai Tee Latte. Lele, wann kommt ihr endlich? Lele, was macht ihr noch?» - Dann gackert sie voraus, tippel-trippel als Erste aus dem Zimmer, die Gucci-Tasche mit den wehenden Rossmähnen-Fransen und den blinkenden Nieten am abgewinkelten Arm - und ihr Anhang ergeben hinter ihr drein. Diese Deppen! - Amélie, Amélie, Jugend ist Mangel an Bewusstsein, sag ich dir, Jugend ist bloss eine Defektvariante. Zu diesem Schluss kommst du nach fünfzehn Jahren Französisch-Unterricht unweigerlich. – La jeunesse m' amèrde! Ehrlich. Je la déteste. - Hilf mir, Amélie, und häng nicht wieder auf!

ZAHNWAHN

„Mein irres Singen hier ist wie ein Rufen nur aus Träumen." (Eichendorff)

Wenn er seine Verstandeskräfte zusammennahm, kam er doch zum Schluss, dass er sich alles bloss einbildete. War es denn mehr als ein ausuferndes Spiel seiner Phantasie, wenn er am Morgen viertelstundenlang vor dem Spiegel stand, Aug in Aug, Nase an Nase und Mund an Mund sich gegenüber, so nah am Glas, dass es wolkig anlief und ihm das Zähnefletschen nur wie durch Nebel entgegen kam? Seine beiden oberen Eckzähne hatten nämlich in den letzten Wochen ihre Gestalt verändert, dünkte ihn, sie waren irgendwie länger geworden, irgendwie gelblicher vielleicht auch, und ach, wie ihm schien, spitziger, wenngleich er letzteres seiner überreizten Phantasie zuzuschreiben bereit war, während man ersteres tatsächlich kaum mehr leugnen konnte. -- Aber konnte er seiner Urteilskraft überhaupt noch trauen? War er nicht geistig komplett zerrüttet? Zerfallen? -- Vielleicht war es ja bloss die Erschöpfung, die diese Halluzinationen in seinem Gehirn wuchern liess wie giftige Nachtschattengewächse. Seine Nächte waren eben die reine

Hatz geworden. Wehmütig dachte zurück er an die gleichmässig durchschlummerten Nächte zu Zeiten, als seine Eckzähne sich noch harmlos ins Gebiss fügten. „Ein fast mädchenhaft zierliches Gebiss war mir einst eigen", raunte er sich im Spiegel zu, „mädchenhaft zierlich einst!" Noch jetzt konnte er, wenn er die Oberlippe ein bisschen vorstülpte, das Ereignis bei geschlossenem Mund hinlänglich tarnen, aber schon beim Sprechen, genauer beim Bilden gewisser mundwinkelspreizender Laute, wurde das neuerdings Wildschweinhafte seines Gebisses sofort erahnbar - und läge dann, falls es etwas zu lachen gäbe (was zum Glück immer seltener vorkam), als jäher Schreck plötzlich offen zutage.

„Ich bin doch im Grunde ein so zarter, mitfühlender, geistiger Mensch", dachte er, „wie kann es da zu so einer Entgleisung kommen? Wie, bei aller Güte des Herrn, ist das möglich?" Er haderte und examinierte sein Gebiss. Es schien tadellos zu funktionieren. -- Er war verstört. Er war doch im Grunde ein anständiger Mensch. Seit zwei Wochen war er sogar als (ehrenamtlicher) Pressesprecher bei dem Tierschutz-Verein VIER PFOTEN tätig. Kommende Woche sollte er vor der lokalen Presse die Kampagne des Vereins gegen das grassierende Tierhassertum vorstellen. Sein erster namhafter Auftritt. In den Sommermonaten waren 14 Katzen nachts in der Nachbarschaft verschwunden, drei von ihnen wurden tot aufgefunden, mit tödlich tiefen Schrammen an Hals und Bauch. Die Sache erlaubte keinen Aufschub. VIER PFOTEN plante die Polizei bei ihren Ermittlungen zu unterstützen. Dazu eine Ergreiferprämie von 500 Franken auszuschreiben. Dazu Flugblätter in alle Haushalte der Gemeinde mit Aufruf zur Rundum-Achtsamkeit. Zentrale Botschaft: Ungestrafte Tierhasser ermutigen Nachahmungstäter!

Er war entschlossen, seine ganze Kraft den verfolgten Kreaturen zuzuwenden. Er stand nun schon geschlagene zweieinhalb Stunden im Badezimmer vor dem Spiegel. Bald war Mitternacht. Ganz nah am vernebelten Glas stand er, sein Gesicht schwamm darin hin und her. Er stellte sich vor, wie er, am Tischchen vor den zwei Redakteurinnen sitzend, beim langen i des Wortes „Tierhasser" seine Hauer entblösste, und schwitzte in den Achselhöhlen und an den Handflächen. Er grinste sich zu und liess seine Zunge die Eckzähne entlang schliddern. Ungewöhnlich massive Eckzähne, zugegeben, ein starkes Persönlichkeitsmerkmal, nein, vielmehr: das Merkmal einer starken Persönlichkeit, das schon, aber alles im Rahmen. „Nichts Menschliches ist mir fremd! - Keine fixe Ideen jetzt! Halt deinen Verstand im Zaum, hörst du!"

Es war schon bald Mitternacht. In einer Stunde ungefähr konnte er los. Private Aktion. Topsecret! Es würde saukalt werden heut Nacht. Eine feuchte klammkalte Februarnacht stand ihm bevor. Keine Menschenseele würde sich freiwillig im Freien aufhalten. Keine Menschenseele! Nur Wesen, von denen der lichte Tag nichts weiss…

Und als er dann zwanzig nach eins seine Wohnungstür von aussen lautlos abschloss und die Treppen hinunterschlich, die Haustür einen Spalt öffnete und ins Freie schlüpfte, war er guter Dinge. War er bester Dinge! Elastisch die feuchtkalte Luft in seine Lungen pumpend, preschte er mit langen Schritten hinaus in die Totenstille.

TANTE GOSIA'S HUNDE - EINE UNPOLITISCHE GESCHICHTE

Ich hatte eine Ururgrosstante mit Namen Małgorzata, aber alle hätten sie nur Tante Gosia genannt, sagte mein Grossvater. Er war es, der mir von Tante Gosia erzählte. Tante Gosia, die den Zerfall unserer Familie, der Familie Masoch, schon angekündigt hatte, als sie noch auf dem Höhepunkt ihrer Macht stand, weil mein Urgrossvater die Gewinne aus dem podolischen Zuckerhandel mit fester Hand einstrich.

Als mein Grossvater nämlich noch ein Junge war, trieb der Baum unserer Familie noch kräftige Äste und Zweige; da wimmelte es nur so von Tantchen und Onkelchen, von Grosstantchen und Grossonkelchen, von Neffen und Nichten und Enkeln, nicht zu reden von dem unüberschaubaren Gewimmel von Geschwistern und Vettern und Basen, wie man die Cousins und Cousinen damals noch nannte, die alle in dem weitläufigen Haus der Masochs im podolischen Kamenez am Fuss der Brücke wohnten, die sich dort in sechzig Metern Höhe über den mäandernde Smotrytsch schwingt. Das Masoch'sche Haus, erbaut vom Vater meines Grossvaters, also meinem Urgrossvater, dem mächtigen, über zweihundert Pfund wiegenden Zuckerbaron Jan Masoch, stand genau dort, wo heute eine überaus hässliche Elektro Stazija der staatlich-ukrainischen Energie-Gesellschaft Ukrenergo den ehemals romantischen Winkel verunziert. Jan Masoch, den podolischen Zuckerbaron, traf der Schlag, noch bevor der Krieg uns erreichte. Er erhielt ein Mausoleum aus weissem Carrara-Marmor in der polnischen Sektion des Stadtfriedhofs mit privilegierter Sicht auf die zypressenumstandene Abdankungskapelle. Der Maschoch'sche Familiensitz wurde dann während der berühmten Kesselschlacht von Kamenez Podilsk, die 1944 zwischen der Wehrmacht und der Roten Armee tobte, bis auf die Grundmauern geschleift. Und seither kümmert der Familienbaum der Masochs nur noch dahin, so als ob man mit der Zerstörung des Hauses die Wurzeln der Familie lebensgefährlich getroffen hätte. Jedenfalls ist heute die Masoch'sche Sippe, soweit sie nicht schon weggestorben ist, in alle Winde zerstreut. Ich selbst habe gegenwärtig nur noch Kontakt zu zwei hochbetagten Tanten, zu Tantchen Jola und Tantchen Hanka, beide seit Urzeiten verwitwet, die ein Schicksal, das sich auf bizarre Einfälle versteht, im Altersheim einer Marseiller Vorstadt zusammengeführt hat. Beide schreiben mir zu Weihnachten zittrige Briefe, in denen sie den Niedergang der Masoch-Familie in den fast gleichen altertümlichen Wendungen beklagen.

Ich, der ich als Einzelkind in einer schwermütig engen Genossenschafts-Wohnung eines Züricher Aussenquartiers mit dem unappetitlichen Namen Schwamendingen aufgewachsen bin, immer unter der Fuchtel überassimilierter Flüchtlingseltern, sehne mich nach dem quirligen Leben, das damals auf dem Masoch'schen Familiensitz am grün mäandernden Smotrytsch geherrscht hat. Mein Grossvater, den es nach dem Krieg nach London verschlagen hat, hat uns einmal in unserem Schwamendinger Asyl besucht und von unserem merkwürdigen Tantchen Gosia erzählt, das im obersten Stockwerk, gleichsam im Dachstuhl des Masoch'schen Hauses, eine der winzigen Estrich-Mansarden bewohnte, die der Zuckerbaron den unverheiratet gebliebenen Sippenmitgliedern zugewiesen hatte. Tante Gosia soll zwar in ihrem Lebensfrühling eine Zeitlang stürmische Briefe mit einem Lemberger Arzt gewechselt haben, der aber dann – den Kurs abrupt wechselnd und den Zucker links liegen lassend, in die Kaffeebranche eingeheiratet habe. Seither galt im

Masoch'schen Haus das Kaffeetrinken als Symptom prinzipienloser Glücksritterei und da man auf sich hielt, trank man - wie der Zar im fernen St. Petersburg - ausschliesslich Tee - natürlich mit viel Zucker. Für Tante Gosia aber war jener treulose Absprung in den Kaffee Beweis genug, dass auf Männer kein Verlass war: Sie blieb unverheiratet und zog sich in sich zurück; sie stellte sich unter den ausladenden Schutzschirm ihres wirtschaftlich und leiblich rasch an Umfang gewinnenden Neffen Jan und begann dann schon bald - still und unberührt - im hintersten Kämmerchen des Mansardenganges mit dem Altern. Auf einem Emailleschild, das der ordnungsliebende Hausherr eigenhändig auf die schon bröcklige Estrichwand gedübelt hatte, stand in schräger Sütterlinschrift, wer sich hinter der immer verschlossenen Kammertür verwahrte: Tante Małgorzata.

Die geheimnisvolle Tante Gosia! - Ja, geheimnisvoll sei sie gewesen, sagte mein Grossvater anlässlich seines einzigen Besuchs in unserem Schwamendinger Asyl. Über Tante Gosia sei unter den Masosch'schen Kindern, wenn er sich richtig erinnere, fast nur im Flüsterton geredet worden, obwohl sonst das geräumige Haus vom Schreien, Lachen und Poltern der Kinder gebebt habe, solange der Tag währte. Vor der hintersten, der immer verriegelten Kammer im Ledigenkorridor aber erstarben ihre Stimmen. Keines der Kinder hatte die arme Tante Gosia je zu Gesicht bekommen; umso prächtigere Blüten trieb natürlich ihre Phantasie: „Gerade hinter der Tür liegt sie auf der Matratze.» «In Spinnweben eingewickelt.» «Und leidet und leidet.» «Christi Herzblut auf den Lippen.» «Verzweifelt wie Stein im trockenen Brunnen.» «Und reisst sich Haar vom Kopf, Büschel um Büschel.» «Und stopft's ins Kissen oder kratzt an der Wand, bis das Blut aus den Fingern...» «… und betet und betet, bis sie blau ums Maul… «Und stinkt nach Elend mit Kümmel wie der Markt in der Oberstadt am Nachmittag vor Karfreitag...“ – Bei Regenwetter hätten manchmal, sagte mein Grossvater, an der mysteriösen Tür ganze Trauben wispernder Masoch-Kinder gehangen, die da ihr Ohr plattdrückten, um einen Laut von drinnen zu erhaschen. „Ich hör was klickern“, tuschelte dann eins, „nein, sie schnarcht bloss, hört nur!“, ein anderes, „Quatsch! sie kratzt sich wieder blutig an der Wand, ich hör's ganz deutlich!“, ein drittes. Und so weiter. Aber Tante Gosia bewahrte ihr Geheimnis vor uns Kindern. Die Tür blieb fest verriegelt. Und fragte man einen erwachsenen Masoch, zuckte der mit den Schultern und sagte: „Das versteht ihr noch nicht, Kinderchen, jetzt trinkt mal brav euren Tee - mit viel Zucker meinetwegen!"

Aber einmal - an einem Sonntagmorgen im Monat Aw, wie man damals gesagt habe, also Ende Juli, kurz nach vier Uhr in der Früh, noch bevor die podolische Sommerhitze ihre Keule schwang, und alles im Masoch'schen Hause – die Morgenkühle geniessend – noch schlummerte, habe er Tante Gosia leibhaftig gesehen, von Angesicht zu Angesicht, sagte mein Londoner Grossvater, als er uns in unserem Schwamendinger Loch besuchte. Die Masoch'schen Kinder hätten ihm zwar nachher nicht geglaubt und ihn als Schnattermaul verlacht, aber im Monat Aw des Jahres 40 oder 41 an einem Sonntag kurz nach vier in der Früh hat mein Grossvater, sagte er, Tante Gosia gesehen. Bohrender Zahnschmerz im linken Oberkiefer hatte ihn schon die halbe Nacht treppauf und -ab durchs Haus getrieben, denn der Zucker habe in den Masoch'schen Kindermäulern natürlich erbarmungslos gewütet. Da stand auf der Etage der Unvermählten die hinterste Mansarde tatsächlich – Gott strafe ihn, wenn er lüge! - sperrangelweit offen. Und mein Grossvater, damals so verwegen wie neugierig, schnellte trotz brüllendem Backenzahn zur Stelle – und da erblickte er sie, auf der Kante der spindeldürren Bettstatt sitzend, Tante Gosia im mausgrauen Leinenhemd, das bis zu den nackten Füssen reichte. An beiden Seiten standen ihr mächtige Frostbeulen von den schief einwärts wachsenden grossen Zehen ab. Unter der Bettstatt ein Porzellanungetüm – der rosa Nachttopf. Tante Gosia hatte die Tür offensichtlich geöffnet, um die Füsse auf den Boden zu stellen, so eng war ihr Kämmerchen. Sie sah aus wie eins von den kleinen Masoch'schen Zopfmädchen mit Kugelköpfchen und Kulleraugen, aber knochenmager wie eine alte Echse war sie, dabei komplett faltenlos im Gesicht, das Haar grauslig, wie verrottendes Stroh und an den Fingergelenken rote Knoten. Als sie meinen Grossvater erblickte, sagte sie tonlos, mit dem Zeigefinger auf ihn zu stechend: „Hör, du Bengel, du gehst jetzt und sagst deinem Vater Jan, er soll endlich die verfluchten Hunde abknallen. S'wird nämlich immer schlimmer. Nacht für Nacht dieses Gekläff und Gebelfer im Haus. Köter überall. Seit Wochen tu ich kein Aug zu. So geht das seit Monaten. Und am Morgen, wenn endlich Ruh einkehrt, bin ich zerschlagen wie das Roggenfeld nach dem Gewitter. Ich werd meines Lebens nicht mehr froh wegen der verdammten Hunde, sag das deinem Vater Jan, und nun Licht aus, Bengel, ich muss schlafen! Ich muss jetzt endlich schlafen! - Gut Nacht!"

Und damit zog sie die Füsse mit den beiden glänzenden Haluxen ins Kämmerchen zurück und schloss die Tür.

«Mein Vater Jan hatte nur herausgelacht, als ich ihm Tante Gosias Auftrag überbrachte. Es gab ja keine Hunde. Sie spinnt, unser Tantchen Gosia, die hat nicht mehr alle Tassen in Schrank! Es gab keinen einzigen Hund im Masoch'schen Haus. Keinen einzigen! Aber zwei Monate später traf meinen Vater Jan, den schwergewichtigen podolischen Zuckerbaron, der Schlag und er musste in das marmorne Mausoleum umziehen. Und dann rollten schon bald die Deutschen heran, um die Vorbereitungen zur Kesselschlacht von Kamenez-Podilsk in die Wege zu leiten und der Masoch'schen Zuckerherrlichkeit ein schnelles Ende zu setzen.

Aber Tante Małgorzata, deine Ururgrosstante», sagte mein Grossvater und wischte sich über die Augen, «hatte wahrscheinlich das Unheil bellen hören, lange bevor es die Maschochs frass. Vielleicht wäre ja alles anders gekommen, wenn mein Vater sich weniger um den podolischen Zucker und ein bisschen mehr um unser armes Tantchen gekümmert hätte. - Wer weiss, vielleicht wären wir noch heute noch alle zusammen unter der Brücke am Smotrytsch», sagte mein Grossvater. Aber er war damals schon ziemlich alt.

YUCHI – EINE INDIANER-STORY

Dieser Yuchi-Mist beginnt mich langsam aber sicher zu stressen. Ich habe das Gefühl, ich bin da in eine echt heikle Situation hineingeraten. - Ursprünglich habe ich ja eine Ausbildung als Puppen – und Spieltiermacher. Nach Abschluss der Lehre habe ich ein paar Jahre bei der Firma ITSBETTER mechanische Stimmen in Spielzeugaffen eingebaut, aber die Firma machte Konkurs und das Lager mit meinen Affen wurde nach Hongkong verschachert. Ca. 3700 Stück. Persönlich war das ein harter Schlag. Ich habe dann etwas Neues im Bereich Plüschtierproduktion gesucht, aber wider Erwarten war das gar nicht so einfach. Tagelang habe mich durch Stellenbörsen gegoogelt. Ergebnis null. „Sorry, Ihre Suche hat leider keinen Treffer ergeben." – Vielleicht sind Spieltiere nicht mehr so beliebt wie früher, wo jedes Kind seinen Teddy *Bams* oder sein *Wuzi* Wildschwein hatte. Heutzutage zocken ja schon Dreikäsehoch am Computer, da schwindet naturgemäss die Nachfrage nach sprechenden Affen. - Natürlich beginnst du als Arbeitsloser an dir selbst zu zweifeln. Das ist ganz normal. Deshalb habe ich an der SELF – Fachschule für praxisorientierte Erwachsenenbildung - den Crashkurs „Selbstbewusstsein" gebucht; da erhält man in sechs Abenden Gehirntraining eine Super-Selbstmotivation eingepflanzt. Nach der Methode Dr. Luzi Storch, falls das jemand interessiert. Jedenfalls ist mir schon bald klar geworden, dass ich nun selber aktiv werden muss – und da an der SELF auch Sprachkurse für teils extreme Sprachen angeboten werden, dachte ich mir: Jetzt bietest du mal einen Kurs in Yuchi an. Das ist doch sicher eine Marktlücke. Die Yuchi sind Prärieindianer - irgendwo im Hinterland von Oklahoma, USA. Bevor ich mich der Puppen- und Spieltiermacherei zuwandte, hatte ich nämlich ein paar Semester Ethnologie studiert – und da war einmal die Rede von diesem Indianerstamm, erinnere ich mich. Es soll zurzeit noch drei oder vier Yuchi-Veteranen geben, die der Yuchi-Sprache mächtig sind, einer hinfälliger als der andere. Das heisst, die Sprache ist im Prinzip bereits tot.

– Gut für dich, sagte ich mir, da hast du rundum freie Hand - da wird nicht so rasch einer daherkommen und dir dreinfunken.

Die Sekretärin des SELF informierte mich vorbildlich unaufgeregt, ich könne den Kurs erteilen, falls sich genügend Interessenten anmeldeten, was sie bezweifle. Aber nach Ablauf der Anmeldefrist hatten sich tatsächlich zwei Schwestern, Rosi und Lili Pfahl, beide über siebzig, für meinen Yuchi-Anfängerkurs eingeschrieben. Sie waren auch ohne weiteres bereit, den erhöhten Kurstarif für Kleinstgruppen auszulegen. Das SELF zeigte sich kulant, indem es die wöchentliche Doppellektion Yuchi von Dienstag- auf Donnerstagabend verlegte, weil die Schwestern Pfahl sich seit vierzehn Jahren am Dienstagabend mit einer Cousine zum Halmaspielen treffen.

Ich startete meinen Kurs ganz praxisnah mit dem bei den Yuchi üblichen Begrüssungsritual: Stösst ein Yuchi auf einen anderen, zupft er ihn beidseitig am Ohrläppchen und spricht: *Xamanohoana aloha ny max'xoandro?* (wörtlich übersetzt: Welcher Art Schatten vor der Sonne bist du?). Der so Angesprochene entgegnet: *xana'raxo* - plus Name, also etwa: *Xana'raxo Rosi Pfahl*. - Ich hatte mir vorgenommen, das Geschwisterpaar schon in der ersten Stunde mit ein paar meiner substanzielleren Vokabel-Kreationen des Yuchi-Grundwortschatzes zu konfrontieren (Büffelherde, Donnertrommel, Marterpfahl etc.). Aber so weit kam ich längst nicht, denn das Ohrläppchenzupfen erwies als durchschlagender Erfolg; die Schwestern konnten nicht genug davon bekommen und kicherten dabei wie exaltierte Schulmädchen. – Aus didaktischen Gründen sah ich mich jedoch alsbald genötigt, die Anredeformel *"Xamanohoana aloha ny max'xoandro?"* einer radikalen Kürzung zu unterziehen, denn sie zeigte sich unter den gegebenen Umständen als nicht bewältigbar: Rosi war schwerhörig und gewöhnt, Informationen aus der Aussenwelt von ihrer Schwester direkt ins Ohr geschrien zu bekommen. Aber wenn Lili schrie, vermasselte sie ganze Silbenblöcke, was mich – Haarspalter, der ich in solchen Angelegenheiten nun einmal bin - zu endlosen Korrekturschleifen anstachelte; schliesslich fand ich mich aber erschöpft damit ab, dass sich die beiden Damen beim Ohrzupfen lediglich *Xama* zuriefen (wörtlich übersetzt „welcher?). Zugegeben, das ist ein Kompromiss, aber als Pädagoge darf man sich da nicht auf seinen Standpunkt versteifen, finde ich. Jedenfalls gelangte ich so erst in der vierten Lektion zu Büffelherde (*dan'xiana*), Donnertrommel (*xam'ponga*) und Marterpfahl (*hazompahangiri'firiana*). Auch in der Ausgestaltung der Konjugation und der Deklination nahm ich selbstredend Rücksicht auf das Alter meiner Schülerinnen; so verzichtete ich – aus pädagogischen Erwägungen - auf die ursprünglich vorgesehenen 14 Fälle und führte schliesslich einen einzigen Casus ein, nämlich zur Unterscheidung von Essbarem und Nicht-

Essbarem, was Lili und Rosi mit Zungenschnalzen quittierten: So heisst zum Beispiel die Taube *„voro-maha'ilala"*; *„*ich sehe eine Taube*"* heisst *„xahita voro-maha'ilala'q"*, wobei die Endung *„*q*"* eben signalisiert, dass jetzt von einem essbaren Weltausschnitt die Rede ist. Dieser q-Fall führte zu überraschend hitzigen, geradezu philosophischen Diskussionen über Hunde, Schnee, Savannengras und Fledermäuse usw. - Mit q oder ohne? - Natürlich hatte ich mit meinen Pfahl-Schwestern ein Bombenschwein (dachte ich damals wenigstens noch): Hingebungsvoll büffelten sie von Donnerstag zu Donnerstag Vokabeln und Grammatik, mit ihrer kindlichen Neugier entfachten sie in mir – ja was war es? – so etwas wie einen linguistischen Furor, glaube ich; bald war ich Tag und Nacht mit nichts anderem beschäftigt als dem Aufbau der Yuchi-Welt, in dem sich Rosi und Lili unschuldig staunend tummelten wie die ersten Menschen im Garten Eden. Ich empfand dabei eine geradezu göttliche Befriedigung, wie ich sie bei meiner Tätigkeit mit den Spielzeugaffen niemals erfahren hatte. - I simply loved my job.

Jetzt aber, gegen das Ende von F-5, des fünften Fortgeschrittenenkurses, haben die Ereignisse begonnen, eine kritische Wendung zu nehmen. Ehrlich, mir ist der

Schreck in die Glieder gefahren, als Lili vor einer Woche vorgeschlagen hat, Lee Vest, dem jetzigen Chief der Yuchi-Indianer in Oklahoma, zu schreiben und ihn zu bitten, uns den Kontakt zu einem der Yuchi-Sprach-Veteranen zu vermitteln. Ich habe ihr postwendend zu bedenken gegeben, dass es voreilig wäre, bereits jetzt den Sprung ins kalte Wasser des sprachlichen Ernstfalls zu wagen, und dass überdies möglicherweise die Sprach-Greise dem klassischen Hoch-Yuchi, wie ich es lehre, gar nicht mehr gewachsen wären, denn der Unterschied zum Vulgär-Yuchi draussen in den Hügeln sei halt doch signifikant. Kaum war diese Klippe umschifft – das war wie gesagt letzte Woche - finde ich vor zwei Tagen einen Brief in meinem Korrespondenzfach am SELF. Da fragt mich ein Professor Schönemann von der Uni Rostock an, ob ich bereit sei, über „Die Weltanschauung der Yuchi-Indianer im Spiegel ihrer Sprache" zu referieren - im Rahmen einer Vortragsreihe über bedrohte Sprachen. Und gleichen Tags erreicht mich ein e-mail von der *Yuchi-Tribe-Organisation* in Okmulgee/Oklahoma, mit der Einladung, meine Yuchi-Sprachbiographie in einem Buch niederzulegen. Die Stammesorganisation in Okmulgee wäre bereit, die Verlags- und Vertriebskosten des Werks zu hundert Prozent zu übernehmen. - Ehrlich, langsam wird mir da mulmig. Was wird da eigentlich hinter meinem Rücken gespielt? - Natürlich habe ich die Pfahl-Schwestern im Verdacht. - Das Schlimmste aber ist, dass ich immer öfter gar nicht mehr recht mitkomme, wenn Rosi und Lili munter ihr Yuchi zwitschern, weil ich meine eigenen Vokabeln vergesse. Und wenn ich dann radebrechend eine Ausrede für meine Verständnisschwächen stammle, huscht ein Lächeln über die erhitzten Gesichter meiner Schülerinnen – mir scheint, ein scheinheilig maliziöses! – So sehr ich ja meinen Job im Prinzip liebe, in solchen Augenblicken hasse ich meine Arbeit – und ich sehne mich zurück nach meinen Spielzeugaffen, die zuverlässig nur von sich gaben, was ich ihnen eingesetzt hatte.

WIR HIER DRAUSSEN

„Jetzt im Herbst haben wir fast jede Nacht wieder Nordlicht.

Früher hat man gesagt, es bringe Glück, unter dem Nordlicht ein Kind zu zeugen.

Uns hat es nicht geholfen. So viel weiss ich.

Nivi wird gleich zurück sein. Das ist unsere Tochter.

Jeden Abend sitzt sie draussen am Kap mit dem Hund und guckt aufs Eis hinaus.

Draussen am Kap, wo die Spanier waren.

Das Wetter kümmert sie nicht.

Nächste Woche fahren wir zurück nach Narsaq.

Schon Ende August hatten wir den ersten Frost. So ist das hier.

Nur von Juni bis anfangs September wohnen wir hier draussen.

Früher lebten hier vier Familien ganzjährig, drei sind weggezogen.

Nach Narsaq oder anderswohin.

Nur mein Bruder wohnt noch mit seiner Familie da drüben.

In dem blauen Haus.

Er bleibe, solange die Fleischpreise einigermassen stimmen, sagt er.

Er züchtet Schafe.

Im Moment hat er dreihundertsechsundfünfzig Stück.

Nächste Woche kommen ein paar rüber von Qassiarsuq mit ihren Pferden.

Die bringen die Hunde mit und treiben die Schafe von den Bergen an den Fjord runter.

Die meisten werden dann auf dem alten amerikanischen Landeboot nach Narsaq geschifft.

Das Boot ist ein Veteran aus dem zweiten Weltkrieg.

In Narsaq ist das Schlachthaus.

Wenn der Wind viel Eis in den Fjord getrieben hat, müssen sie tagelang warten.

Dann werden die Männer nervös und beginnen Aquavit zu trinken.

Die Nächte im Herbst sind schon lang. Da hört man das Eis krachen und die Füchse im Fjäll bellen.

Otto, mein Mann, war früher auch dabei. Wie hatten unsere eigenen Schafe.

Jetzt hat er Alzheimer.

Er sitzt am Fenster und guckt auf den Fjord hinaus.

Das Eis, sagt er.

Ja, Vater, sage ich, das Eis.

Ich glaube, er fürchtet sich vor dem Winter. Er spürt die lange Nacht kommen.

Oft will er raus ins Fjäll. Aber ich lass ihn nicht, denn da liegt schon Schnee. Der Wind vom Inlandeis her weht die Spuren gleich zu. Da findet man keinen mehr.

Wenn ich es ihm sage, holt er den Kanister mit dem Petrol und füllt die Heizung nach.

Aber manchmal steht er vor dem Ofen und weiss nicht mehr, was er soll.

Hier draussen kann man sich ganz schön einsam fühlen, wissen Sie.

Da ist man froh, mal mit jemandem reden zu können.

Nivi ist im Juni zweiunddreissig geworden. Sie träumt von Spanien.

Aber sie isst zu viel. Sogar nachts steht sie auf, um zu essen.

Ihr Hunger ist bodenlos.

Mit uns spricht sie fast nicht mehr. Obwohl wir ja nichts dafür können.

Eigentlich spricht sie nur noch mit Negro.

Negro ist ihr Hund. Damit wir sie nicht verstehen, spricht sie Spanisch mit ihm.

Das hat sie sich selbst beigebracht.

Sie ist ein talentiertes Mädchen, aber viel zu dick.

Gewisse Männer sollen das ja mögen, sagt man. – Doch das ist nicht das Problem.

Sie war so ein frisches Mädchen. Früher. Das glauben Sie nicht.

Kleine Blume, sagte Otto immer zu ihr.

Aber dann...

Zehn Jahre ist das jetzt her. Neuneinhalb genau.

Wir haben damals noch das ganze Jahr hier draussen gewohnt, nicht nur im Sommer.

Eine spanische Organisation baute am Kap draussen ein Camp auf.

Einige grosse Zelte. Kanus und ein paar Isländer-Pferde.

Einer, ein grosser, schlanker mit schwarzen Locken hatte das Sagen.

Der sah verwegen aus und die andern machten, was der wollte.

Der brachte in einem Geländewagen Touristen von Qassiarsuq rüber.

Meistens Spanier, die pausenlos auf einander einredeten.

Die planschten dann ein paar Tage mit den Kanus auf dem Fjord rum,

oder ritten zum Picknick ins Fjäll. „Abenteuer Arktis " hiess die spanische Organisation. Nach zwei, drei Tagen ging's zurück mit dem Geländewagen.

Hier an uns vorbei. Alle winkten, schwatzten gleichzeitig. Sehr laut.

Dann rollte die nächste Gruppe an.

So ging das drei Sommer hintereinander.

Im September packten sie zusammen, im Juni kamen wie wieder.

Aber nach dem dritten Jahr kamen sie nicht mehr.

Vielleicht hat es nicht rentiert. Oder es war zu kalt hier.

Oder sie haben einen schöneren Ort gefunden. Ich weiss nicht.

Nivi war damals oft im Spanier-Camp gewesen.

Sie hat mitgeholfen die Touristen zu versorgen.

Hat Kuchen für sie gebacken, Kekse, frisches Brot. Alles von sich aus. Sie wollte das.

Manchmal kam der schwarze Lockenkopf – Juan hiess er - vom Camp rüber mit dem Geländewagen, um Nivi und die Bleche mit dem Gebäck zu holen.

Er hat ihr manchmal galant die Wagentür aufgehalten und sie haben miteinander gelacht.

Nivi war so glücklich. Überglücklich.

Negro hatte sie eines Abends vom Camp mitgebracht.

Seither ist er ihr Begleiter.

Der Hund ist ihr Ein und Alles.

Was passiert ist da draussen am Kap, weiss ich nicht.

Irgendwas muss da passiert sein.

Aber sie sagt nichts. Ich frage sie: Nivi, ist es wegen Juan? War da was?

Aber es ist nichts aus ihr rauszubringen. Sie isst nur und isst.

Die Zelte und Kanus liegen in Blachen verpackt immer noch unten am Strand. Verrotten allmählich.

Aber dass sie nicht drüber hinwegkommt, versteh ich nicht.

Es sind jetzt sieben Jahre her.

Mit Kassetten hat sie Spanisch gelernt.

Dann war sie auch einmal da unten in einem Sprachkurs. In Sevilla. Aber nachher war es bloss noch schlimmer. –

Nur einmal, als wir in sie drangen, hat sie geweint und gesagt: „Die Blume." Nur das.

„Was ist mit der Blume?", haben wir gefragt. Aber es kam nichts mehr. Das war das Einzige, was sie gesagt hat.

Jetzt kommt dann der Winter. Otto ist so unruhig.

Heute Nacht wird wieder Nordlicht sein. Grün und rosa.

Sie werden es sehen. Der Himmel voll kaltem Feuer. Ein Festtags-Feuerwerk, weiss Gott. Oder ein Weltuntergangs-Feuerwerk. Wie man's nimmt.

Früher hat man gesagt, es entsteht, wenn ein Fuchs mit dem Schwanz über den hartgefrorenen Schnee wischt. Aber man hat sich vieles erzählt hier draussen, was nicht stimmt. Soviel ist mir klar -

Jetzt ist die Tür gegangen, haben Sie gehört? Nivi ist zurück vom Abend-Kap. -

Hallo! Bist du's, Kleine Blume? Bist du zurück?"

Zu Eduard Hoppers "New York Movie", 1939

PROSERPINA

... ich muss wieder ein bisschen geschlafen haben. Wie festgeschnallt sitz ich in diesem Sessel. Der Film findet zu keinem Ende. Er läuft und läuft. Seit Tagen. Seit Wochen. Seit... an den Anfang kann ich mich gar nicht mehr recht erinnern.

Das Kino ist nur schwach besetzt. Im Saal ist es heiss wie in einem Backofen. Wahrscheinlich ist die Klimaanlage ausgestiegen. Die Deckenlampen hinter den roten Schirmen glühen wie erloschene Feuer. Meine Hose, mein Hemd kleben am Plüsch des Sessels. Aber neben dem Eingang mit den geteilten Plüschvorhängen steht die Platzanweiserin wie in Phantom aus kühlen Tagen. Kühl wie eine Schwedin, die sich in die Hölle verirrt hat. In einer fusslangen, nachtblauen Robe! Mit schulterlangem blondem Haar. Eine siebzehnjährige Prinzessin war sie, als sie mir den Platz angewiesen hat. Reihe 7, Platz 13, bitte sehr!", sagte sie mit der Stimme einer himmlischen Sängerin. Aber das ist lange her. Inzwischen hat sie den Höhepunkt ihrer Blüte überschritten. Seit Wochen, kommt mir vor, steht sie in Gedanken verloren vor dem Ausgang. Aber sie hat ja nichts zu tun, denn niemand hat bislang Anstalten gemacht, den Kinosaal vorzeitig verlassen zu wollen. Immer wieder bin ich minutenlang vom Film abgeschweift und habe mich in der Betrachtung ihrer Gestalt verloren. So sieht jemand aus, der alle Anschlüsse verloren hat, habe ich gedacht. Ich glaube, auf diesem Feld Bescheid zu wissen. Die Züge sind abgefahren. Nur das Makeup leuchtet noch wie ein Schlusslicht, das in Finsternis verglimmt. Die äussere Vornehmheit tarnt den inneren Zusammenbruch nur notdürftig. Unzählige Male hat die Platzanweiserin den Film über sich ergehen lassen, ihn gleichsam in allen Einzelheiten durchlitten, zum Beispiel dieses junge Paar jetzt vorn auf der Leinwand, seit Wochen gefangen auf einer pazifischen Paradiesinsel; die Frau auf der Bettkante rauchend, starrt auf das Fenster; eben hat man das traumhafte Bengalo noch von aussen gesehen.. Der junge Mann liegt ausgestreckt nackt auf dem Bett. Er kaut an seinen Fingernägeln. Auf dem Nachttischchen steht ein Telefon, das jetzt endlich endlich wieder einmal klingelt - und da erwacht die Platzanweiserin mit einem Ruck aus ihrer Gedankenverlorenheit. Ich spüre gleich, dass jetzt etwas geschieht, denn sie schaut zu mir herüber. Mein Herz stockt. - Herrgott! – Vielleicht habe ich ja genau darauf gewartet. Irgendwo im Grunde meines Herzens, meine ich. Es gibt ja diese Geschichten, wo plötzlich das Ereignis eintritt, das man immer erhofft oder befürchtet hat. Kein Zweifel, dass die Platzanweiserin mich meint...

In einem engen, pfeifenden Schacht steigen wir auf einer Wendeltreppe in die Höhe. Eine Wende nach der andern. Wende um Wende um Wende. Die Platzanweiserin geht vor mir. Mit beiden Händen rafft sie ihre Robe bis auf Kniehöhe, um nicht draufzutreten. Von unten ist der Schacht wie durch einen leuchtenden Rosenquarz erhellt. Aber je höher wir steigen, desto matter wird der Schein. Die Umrisse der Stufen über mir verschwimmen. Doch mit jeder Wende wird der Pfeifton schriller. Meine Ohren schmerzen. Ich keuche vor Anstrengung. Das Tempo, das die Platzanweiserin vorgibt, ist mörderisch. Von hinten wirkt sie straff und jung. Als sie hört, wie ich nach Atem ringe, lacht sie wie über einen Witz. Dann, gerade als ich nicht mehr kann, erreichen wir eine Plattform. Die Platzanweiserin öffnet eine schmale Metallpforte und tritt auf eine weitläufige Dachterrasse hinaus. Ich folge ihr. Getöse schlägt uns entgegen.

Es ist Nacht. Tief unter uns liegt die Stadt. Ein brüllendes, flackerndes Ungeheuer, das in kochenden Abgasen schwimmt. Mit Blaulicht und heulenden Sirenen rasen Ambulanzen durch die Strassenschluchten. Schüsse sind zu hören. Auch Schreie. In rasenden Mustern orgeln Licht und Schatten über die Fassaden der Betontürme. An mehreren Stellen gleichzeitig Detonationen. Wie Fontänen von Geysiren spritzen Trümmer gen Himmel. Ganze Quartiere verschwinden im brodelnden Rauch. Fauchend stürzen Kometen vorbei. Oder brennende Flugzeuge. Und unbeweglich stehen am Rand des Getümmels vier Engel mit Raubvogelschnäbeln im Gesicht. Mit verschränkten Armen amüsieren sie sich über das Geschehen. Mit aller Kraft reisse ich meinen Blick von ihnen los. Ihre Finsternis saugt so, dass meine Augen platzen würden, wenn sie sich ihr ergäben.

Was für ein infernalisches Bild!", schrei ich der Platzanweiserin zu.

„Die Menschen", schreit sie zurück", schlagen die Zeit tot und die Angst.

„Wie bodenlos müssen sie sein!"

„Ja, nicht auszuloten beides. – Grandios!"

Wie ist das möglich, denk ich mir, als ich damals, noch vor dem Film, durch die Strassen ging, herrschte überall Totenstille. Es war mir ja, als ginge ich unter Wasser. Überall standen Menschen wie stumme Fische in Schwärmen und glotzten mich an. Und jetzt, auf einmal scheint die Welt in Brüche zu gehen und die Hölle los.

„Blödsinn!" schreit die Platzanweiserin mir ins Ohr, als hätte sie meine Gedanken gelesen, „Vor dem Kino verkauft Würstchenverkäufer Cesare jetzt gerade sein dreiundfünfzigstes Würstchen. Mit Senf und Ketchup. So schnell geht die Welt nicht aus den Fugen. Alles ist solide verschraubt. Damit musst du dich abfinden!", schreit sie.

„Und was ist mir dir?", brülle ich

„Ich bin längst über dem Punkt", schreit sie, „wo solche Fragen Bedeutung hätten."

„Aber ich nicht!" - Meine Nerven schlottern, obwohl ich es eigentlich immer geahnt habe. „Bitte, verlass mich nie nie nie!", schrei ich und greife nach ihrer Hand. „Ich bete dich an, du bist mein Ein und Alles! Nur für uns entrollen ja die Sterne ihre Bilder am Himmelszelt."

„Ja", höhnt sie, „lauter Krakel und Schnörkel, Polygone bar jeden Sinns." - „Nein, niemals! Siehst du es denn nicht, das Sternbild des Herzens? Und hoch darüber den Grossen Schwan in seiner ganzen Reinheit? „Was sagst du?»

„Direkt über uns der Grosse Schwan!" Meine kleine Stimme kommt mir vor wie eine blecherne Schelle im universalen Getöse.

„Kindskopf!", schreit sie. „Ich habe mich in dir getäuscht. Ich muss zurück. Als Platzanweiserin hätte meinen Platz nie verlassen sollen."

„Was hast du von mir erwartet? Was hab ich denn falsch gemacht?"

Sie ist bereits auf dem Weg zurück zur Pforte. Ich spiele keine Rolle mehr. Sie hat mich aufgegeben.

„Lass nur!", ruft sie über die Schulter zurück, „viele sind berufen, wenige sind auserwählt. Wenn du's nicht aushältst: spring doch über die Kante! Hundertelf Meter unter uns ist Würstchenverkäufer Cesare ohnehin gerade am Aufräumen."

Dazu bin ich zu feige. Dazu bin ich zu hoffnungssüchtig.

Dann komm mit herunter, du Held!", ruft die Platzanweiserin, schon unter der engen Pforte stehend, „der

Film läuft ja für Leute wie dich. Und sollte er je zu Ende sein, macht dir keine Sorgen, er beginnt gleich wieder von vorn!"

"It was a highbrowed cleanshaven distinguished face with arched eyebrows and a bushy neatly trimmed mustache, the face of a man who had money in the bank, poised prosperously above a crisp wing collar and an ample dark cravat." - Dos Passos: Manhattan Transfer

TONKA

Kennen Sie Signore Staffelli? Valerio Staffelli? - Er ist in der ganzen Welt unterwegs. Heute in Cleveland, morgen in Zürich, Anfang nächste Woche in Ilulissat. – Aber ich fürchte, er kehrt zurück - und holt sich Tonka. Zwar hätte er gemäss Vertrag schon vor sechs Wochen zurück sein sollen. Aber mit jedem Tag, an dem er sich nicht meldet, wächst meine Hoffnung. Und Hoffen ist besser als verzweifeln. Tonka und ich leben nämlich in goldiger Eintracht. Und ich darf nicht daran denken, dass unsere Idylle schon bald zerbrechen könnte.

Ich habe Signore Staffelli vor zwei Monaten im Café *Schall&Rauch* kennen gelernt. Ich wusste zu Beginn natürlich noch nicht, wer der distinguierte Herr mit den hochgewölbten Augenbrauen am kleinen runden Tisch zwei Stuhlbreiten neben mir war. Aber sein Rasierwasser wehte einen vertrauten Duft zu mir

115

hinüber: *Tüff*, das Rasierwasser meines Vaters selig. Mag sein, dass mich dieser *Tüff*-Schwall für das, was da kommen sollte, also Tonka, empfänglicher stimmte. Ich verbringe die Sonntagnachmittage gewöhnlich im Café *Schall&Rauch*. Immer zur vollen Stunde bringt mir Eduard, der dienstälteste und stilvollste Kellner, ein Himbeertörtchen, den Puderzucker obendrauf leicht abgeblasen, und drei Deziliter *Knutwiler*, das Mineralwasser der Mineralwässer, ich hoffe, Sie kennen es. Den Herrn am Tischchen nebenan hatte ich nie zuvor im *Schall&Rauch* gesehen. Er trug einen dunkeln Anzug und befeuchtete seinen Zeigefinger, bevor er in der Speise- und Getränkekarte wie in einem Gedichtband blätterte; er wendete die Seiten umständlich vor und zurück und bestellte schliesslich ein Glas Champagner und einen Salade César. Die junge Kellnerin, Zaida, eine Bosnierin, kritzelte die Bestellung auf ihren Notizblock. Salade César ist doch der mit den Streifen gegrillten Huhns. Na ja, jedem das Seine! Was mich angeht, ich mag Huhn generell nicht, aber gegrilltes Huhn am Sonntagachmittag ist schlicht ein No-go, wenn Sie wissen, was ich meine. Sonntagnachmittag ist für mich Himbeerzeit. Und zwar sommers wie winters.

Der Herr sass und wartete mit langen, auf dem Tischchen verschränkten Fingern, wie ein Buddha, mit hochgewölbten Brauen - in einer Duftwolke von *Tüff* versunken, jenem nach Minze riechenden Rasierwasser, mit dem auch mein Vater seine empfindliche Backen- und Kinnhaut massierte, bevor er Samstagabend mit Mutter ins Kino ging. Aber ich erzähle jetzt, wie ich zu Tonka beziehungsweise Tonka zu mir kam, und das ist also erst die Einleitung.

Aber kurz nachdem mir Eduard mein Vier-Uhr-Törtchen und das dazugehörige *Knutwiler* serviert hatte, brachte Zaida auch den Salade César mit dem Champagner. Beides putzte der vornehme Herr in Nullkommanichts weg, fast mit einer gewissen Atemlosigkeit, wie mir schien, und wischte sich dann ausgiebig den dünnen Mund unter dem gezähmten schwarzen Schnauzbüschchen. Er räusperte sich, schob den Knoten seiner breiten, dschungelgrünen Seidenkrawatte zurecht und - neigte sich dann urplötzlich mit einem so heftigen Schwenker zu mir hinüber, dass es mir glatt den Atem verschlug. Ich führe nämlich ein ziemlich zurückgezogenes Leben, wissen Sie, und bin mir deshalb so abrupte Zuwendungen einfach nicht gewohnt.

Der Mann sprach zwar mit einem ausgeprägt italienischen Akzent, aber sonst perfekt Deutsch. Ob ich Hoffnung nicht auch besser finde als Verzweiflung, fragte er. - Wer will sich anmassen, auf solche Fragen zu antworten? – Er rückte um einen Stuhl näher an mich heran: Zum Verzweifeln wäre die Lage, fuhr er fort, wenn es nicht Menschen gäbe wie mich, aber so, gottseidank, das spüre er, sei noch Grund zur Hoffnung. An sich seien die Fakten ja brutal: Bis zu 130 Tierarten würden jeden Tag aussterben. Unwiderruflich. Bis zu 130 Arten täglich! schrie er mir flüsternd ins Ohr. Säugetiere! Amphibien! Vögel! Die Bedrohung spitze sich dramatisch zu! Aber: zu hoffen sei besser als zu verzweifeln. Er sei ja eigentlich Tapirologe, das heisst Tapir-Experte. An der UN-Konferenz für Umwelt und Entwicklung in Rio de Janeiro habe er schon 1992 warnend über die bedrohte Zukunft des Tapirs, insbesondere des südostasiatischen Schabrackentapirs ein Referat gehalten, ein vielbeachtetes Referat; die Hälfte des Jahres verbringe er gegenwärtig forschend auf den Spuren des scheuen Schabrackentapirs, wie alle Tapire ein Unpaarhufer übrigens, in den Tropenwäldern Thailands, Malaysias und Sumatras, den Rest des Jahres rase er von Tagung zu Tagung; er sei der Präsident der TSG, der *Tapir Specialist Group*; sein Name sei Valerio Staffelli. Er schob mir seine Visitenkarte zu. Tatsächlich mit einem Tapir in der linken oberen Ecke. - Romantische Tapir-Verehrung sei gut gemeint, aber es gelte in der Öffentlichkeit Flagge zu zeigen, anders gebe es keine Hoffnung für seine Schützlinge. - Der Mann redete ohne Punkt und Komma. Das sorgfältig getrimmte Schnauzbüschchen unter der spitzen, leicht schrägen Nase tanzte hektisch vor meinen Augen und machte mich ganz benommen. Vielleicht war es auch die *Tüff*-Wolke, der ich letzten Endes nicht gewachsen war. Der Tapir sei seinem Naturell nach ein stoischer Geselle, aber bitte sehr, alles andere als langweilig, mit seinen bis zu acht Zentnern behäbig vielleicht, aber wer ihn als langweilig bezeichne... seine nächsten Verwandten seien übrigens die Pferde und Nashörner. - Der Mann kannte, wenn er mal im Schuss war, kein Innehalten mehr. - Irgendwann, ich erinnere mich nicht mehr wie, aber es war bereits, nachdem mir Eduard, stilvoll wie immer, das Fünfuhr-Törtchen mit zughörigem *Knutwiler* serviert hatte, kam er auf den jungen Tapirbullen zu sprechen, für den er notfallmässig eine private Unterkunft suche, solange die Aufnahmeverhandlungen mit den interessierten zoologischen

Gärten noch nicht abgeschlossen seien. Es handle sich um einen malaysischen Schabrackentapir namens Tonka, erst halbjährig, mit bildschöner Fellzeichnung, ein Geschenk des Zoos von Surabaja übrigens. Mehrere artgerechte Bleiben für Tonka stünden in Aussicht. Nur eben, für eine kurze Übergangszeit von einer Woche, allerhöchstens zehn Tagen, sei er in Verlegenheit. Ob ich nicht bereit wäre, einzuspringen und Tonka ein paar Tage Unterschlupf zu gewähren, am besten im Badezimmer? Wassernähe wirke sich immer günstig auf das Befinden eines Tapirs aus. Drei Ballen Heu würde er mitliefern, Tonka sei Vegetarier, absolut genügsam und die Friedfertigkeit in Person. Er legte mir einen professionellen Logier-Vertrag vor; ich unterschrieb das Ding sofort, obwohl ich eigentlich kein Freund so spontaner Entscheidungen bin.

Das Tier wurde mir termingerecht am Montagmittag in einer Kiste mit Atemlöchern von einer Transportfirma zugestellt. Auch drei Ballen Heu waren dabei. Seither teile ich mein Badezimmer mit Tonka, der sich bei mir offensichtlich wohl fühlt. Man liest ja, dass Tapire nachtaktive Tiere seien. – Aber Tonka ist rund um die Uhr die Ruhe selbst. Tagsüber schläft oder döst er vor der Dusche. Wenn ich das Badezimmer betrete, schnüffelt er mit seiner rüsselartig verlängerten Nase und fiept mir freundschaftlich entgegen. Nachts liegt er immer mit unerschütterlicher Gelassenheit in der Badewanne im Wasser, wackelt ab und zu mit einem Ohr und kaut bedächtig an einer Melonenschale oder einem Kohlstumpf herum. Tonka ist seelisch ausgeglichen wie ein Zen-Mönch. In seinen Augen glaube ich manchmal den Glanz eines unerreichbar nahen Glücks zu entdecken. Was für eine Wonne, mit einem solchen Wesen zusammenzuleben! Das sage ich als eingefleischter Einsiedler. Ich habe unverhofft meinen idealen Wohnpartner gefunden. Ganz zufällig ist mir häusliches Glück zuteil geworden. Hoffentlich hält es noch ein wenig an. Hoffentlich haben alle zoologischen Gärten ihr Angebot zurückgezogen! Signore Staffellis Visitenkarte habe ich absichtlich verloren. Vielleicht hat er uns ja einfach vergessen. - Die Umweltkatastrophe ist ja schliesslich kein Schleck; sie lastet sicher tonnenschwer auf seinen Schultern und verstopft seinen Terminkalender. Heute spricht er in Cleveland, morgen in Zürich, Anfang nächste Woche in Ilulissat - immer pfefferminzkühlen Tüff-Wind um sich verbreitend. - Ja, ich hoffe - und ist hoffen nicht eh besser als verzweifeln?

NACHTS AM FENSTER

«Das Messer! Das Papiermesser. Mach schon!»

Die Stimme von oben.

Es ist immer noch Nacht. Das dünne Mädchen steht am Fenster neben ihrem Pültchen. Alles schläft. Vom Kirchturm schlägt die Glocke. Einmal, zweimal, dreimal, viermal. Draussen treibt Schnee, die Strassenlaternen schaukeln im Wind, die Strasse ist leer. Noch eine halbe Stunde, dann wird der rote Taunus vorbeifahren. Sie ist traurig. Sie war am Abend wieder ziemlich aggressiv gegen Papa gewesen. „Hör auf mit deinem Scheissgesülze! Du schnallst eh nix!", hat sie ihn angeschrien. Er hat dann nicht mehr mit ihr gesprochen. Sie keines Blickes mehr gewürdigt. Die beleidigte Leberwurst markiert. Jetzt friert sie. Sie wäre ja so gern anders. Aber es geht nicht. Im Prinzip wäre sie gern lieb. Aber es geht nicht mehr. Da ist ein Stachel. Der war doch früher nicht da, oder?

Die Wellen rollen heran, brechen an ihr und rauschen über sie hinweg. Aus dem Rauschen von oben die Stimme: «Das Messer. Das Papiermesser. Mach schon! Du willst es doch!» - Das dünne Mädchen ist wie zerschlagen. Sie denkt an Mama. Mama ist wie eine

Krake, denkt sie, eine dicke schwarze Krake mit langen ringelnden Fangarmen und Saugnäpfen. Sie will ja nicht undankbar sein. Sie hat allen Grund, dankbar zu sein. Aber wenn die Fangarme sie umschlingen und sie die Saugnäpfe auf der Haut ansaugen spürt, würde sie am liebsten... Dabei möchte sie immer nur lieb sein. Was für ein verworfenes Geschöpf sie ist!

Die Winterluft bläht die nassen Vorhänge. Bevor es zu schneien begonnen hat, hat es geregnet. Bei geschlossenem Fenster kann sie nicht atmen. Der Wind ist der Vater, der Regen die Mutter, ihre Tränen sind die Kinder. Blödsinn! Märchen für Mädchen! Mamas Märchen von der wunderschönen Prinzessin Rosa, die der böse Drache in eine Höhle unter einem Vulkan verschleppt und sie dort gefangen hält, bis der Goldene Ritter dem Drachen den Kopf abschlägt und Rosa befreit. Wischiwaschi! - Sie fährt sich mit dem Handrücken übers Gesicht. Ihr ist übel. Am Tag, bevor sie die Periode bekommt, ist ihr manchmal übel. Aber davon spricht sie nicht, gewiss nicht mit der Krake. Es gibt so vieles, über das man mit der Krake nicht mehr spricht. Die würde sie mit ihren Fangarmen an sich ziehen und womöglich so etwas sagen wie: „Zeig mir mal deine Hände, Schätzchen! Woher wieder dieser Goldstaub auf deinen Fingerkuppen? Du hast doch nicht etwa den Goldenen Ritter berührt?" Oder ihr ins Ohr flüstern: „Blick mal nach oben, Schätzchen, von oben kommt die Rettung. Manchmal hilft nur schon ein Blick nach oben!" Sie kann ihre kitzelnde Stimme im Ohr spüren. – Aber das dünne Mädchen verbittet sich jegliche Einmischung; sie hat aufgehört, ein Schätzchen zu sein. Zum Glück hat sie der Krake nie vom Goldenen Ritter erzählt. Spott könnte sie nicht ertragen, auch wenn er angeblich nicht böse gemeint ist. Da ist kein Goldstaub an ihren Fingerkuppen. Nicht nur heute nicht. Zu ihr steigt der Goldene Ritter nämlich nicht herunter. Der macht sich doch ihretwegen nicht seine glänzenden Füsse schmutzig. Garantiert nicht. Manchmal ist es ihr zwar vorgekommen, als flüstere er ihren Namen von oben, aber so verhunzt, dass ihr das Blut in den Adern stockt. Dann hat sie so getan, als höre sie nichts, als gehe sie ihr eigener Name nichts an. Sie will an etwas anderes denken, an Himbeeren, an grünen Klee und brummende Hummeln, an Sommerwolken, die im hellen Himmel treiben, an die Fussspuren im Sand, bevor die Wellen drüber wischen. Ihre ganze Kraft wirft das dünne Mädchen in diese Bilder. Aber ein Mucks von oben, ein kleines Glucksen oder Kichern, genügt, dass sie wie Seifenblasen zerstäuben – in teuflischer Berechnung gerade dann, wenn die schönen Bilder ihre Macht zu entfalten beginnen.

Erst in der Morgendämmerung werden die Wellen flacher, das Rauschen lässt nach. Aber wenn sich oben das Rund im fahlen Grau als Leere abzuzeichnen beginnt, kommt die Sehnsucht - oder der Ekel - oder beides Hand in Hand. Dann dreht etwas in ihr durch. „Ich will raus!", schreit sie stumm nach oben „ich hab genug, bis zum Kotzen hab ich genug, ich will nicht mehr, hol mich hier endlich raus, Quälgeist, worauf wartest du noch? Die Rechnung hier unten geht mir doch nie nie nie auf, das kann dir unmöglich entgehen!"
Heute war im Rauschen so etwas wie eine Antwort von oben zu vernehmen: «Das Messer! Das Papiermesser! Mach schon! Du willst es doch!»
Sie öffnet leise die Schublade ihres Pultes unter dem Fenster. Da liegt das Papiermesser. Sie schneidet sich fünf Schnitte in den linken Unterarm. Schön parallel. Das herausquellende Blut tupft sie mit einem Papiertaschentuch weg, bis nichts mehr kommt.
Jetzt fährt der rote Taunus fährt vorbei. Die ovalen Lichter kommen ihr vor wie vor Schreck aufgerissene

Augen. Er kommt pünktlich jeden Morgen um halb fünf. Sie ist erschöpft.

Das dünne Mädchen schliesst das Fenster. Sie schiebt das Papiermesser zuhinterst in die Schublade und schnäuzt sich leise in das mit Blut verfleckte Taschentuch. Dann legt sie sich auf das Bett, in anderthalb Stunde muss sie sich für die Schule bereitmachen. Sie wird sich bei Papa entschuldigen. Sie nimmt es sich vor.

Jedwedes Übel ist ein Zwilling.
(Heinrich v. Kleist)

YAMAHA

Jetzt singen sie wieder … Es ist Freitagnachmittag. Drei Uhr. Man könnte glatt die Uhr danach richten, so pünktlich fangen sie an. «*O Haupt voll Blut und Wunden*». Alle 10 Strophen, eine nach der andern. Jeden Freitag, seit sie vor zwei Monaten hier, das heisst, in die Wohnung unter mir, eingezogen sind. Und zwar in einer Lautstärke, das geht einem durch Mark und Bein. Da nützt es auch nichts, wenn sie die Jalousien runterlassen in ihrem Wohnzimmer, wo das Gebrüll herkommt. Sogar auf der anderen Strassenseite, sagt Frau Blum, die gegenüber im ersten Stock über dem Kostümverleih wohnt, es sei bei offenem Fenster kaum auszuhalten. Sie meint, ich müsse es unbedingt dem Hausbesitzer melden, damit er dem Treiben Einhalt gebiete. Ein solches Gebaren müsse kein Mensch einfach so hinnehmen. Da sei die Grenzen des Tolerierbaren klar überschritten, findet sie. Ein akuter Fall von Ruhestörung sei das, was sonst? Das müsse abgestellt werden, notfalls mit der Polizei. Ihre Schwägerin in R. kennt den vorherigen Wohnungsvermieter der beiden.

Dort gab es haargenau dasselbe Problem. Also wenn die keinen Sparren haben! Pünktlich Freitagnachmittag um drei Uhr «*O Haupt voll Blut und Wunden*», sämtliche Strophen in hemmungsloser Lautstärke, dieselbe massive Nachbarschaftsbeschallung, genau dieselbe asoziale Rücksichtslosigkeit. Einmal hat der Vermieter – sagte Frau Blums Schwägerin – während des freitagnachmittäglichen Absingens an der Wohnungstür geläutet, um die beiden bei frischer Tat, das heisst ungefähr bei Strophe vier von «*O Haupt voll Blut und Wunden*», zu stellen; da diese aber keine Anstalten gemacht hätten, ihren Gesang auf sein Klingeln hin auch nur eine Sekunde zu unterbrechen, habe er – in der Absicht, nach dem Rechten zu sehen – die Wohnung kurzerhand betreten. Denn was nicht gehe, gehe einfach nicht. Bei dem Anblick, der sich ihm jetzt geboten habe, habe ihn fast der Schlag getroffen: Mitten im pechschwarz ausgemalten, abgedunkelten Wohnzimmer knieten die beiden, sie und er, bei Kerzenlicht in ekstatischer Versenkung vor einem vergoldeten Rokoko-Tischchen, lauthals plärrend: «*Schau her, hier steh ich Armer, der Zorn verdienet hat, Gib mir, o mein Erbarmer...*» Auf der Tischplatte aus rosa Marmor standen zwei hohe Porzellan-Gefässe mit Henkeln, nachtblau und golden im Kerzenlicht schimmernd und unschwer als Urnen zu erkennen. – Der Vermieter machte rechtsumkehrt, bevor die inbrünstig Singenden ihn auch nur wahrgenommen hätten. Religiöse Fanatiker, esoterische Knallköpfe, fundamentalistische Spinner: das war nämlich das Allerletzte, was er sich in seinem Haus wünschte. Also ging er stehenden Fusses hin, machte Eigenbedarf für die Wohnung geltend und schrieb die Kündigung; drei Monate später war er das Pack los. Für das Überstreichen der schwarzen Wände im Wohnzimmer verlangte er natürlich saftigen Schadenersatz.

Soweit Frau Blum, wie sie es von ihrer Schwägerin, wohnhaft in R., vernommen habe. Sie hat es mir letzte Woche erzählt, als wir uns über die freitagnachmittägliche Störung aufregten.

Heute Samstag. Ich habe gemacht, was Frau Blum mir nahegelegt hat, nämlich den Hausbesitzer angerufen, Herr Bommer ist ja im Prinzip ein zuvorkommender, sanfter, alter Herr mit einem Gestrüpp wuchernder weisser Brauen über den Augen. Doch meine Vorstellung, dass es ihm als Vermieter zukomme, gegen das ordnungswidrige Gesinge aus der unteren Wohnung einzuschreiten, quittierte er zuerst einmal mit einem Räuspern. Was genau mich daran störe, wollte er wissen. *O Haupt voll Blut und Wunden* sei ein ehrwürdiges evangelisches Kirchenlied, sogar eins von Paul Gerhard, wenn er nicht irre, und im Übrigen sei er der Meinung, es solle ruhig singen, wem Gesang gegeben. - Von ruhig singen könne hier überhaupt nicht die Rede sein, entgegnete ich, es handle sich vielmehr um unerträgliches Höllen-Geheul, das sich einem buchstäblich in die Seele brenne. Ich fügte dem noch allerhand bei und kam richtig ins Reden: über unzulässige Ruhestörung, gesundheitsschädigenden Lärm, rücksichtslose Belästigung der Nachbarschaft etc., aber Herr Bommer wollte von all dem nichts wissen. «Hören Sie, junger Mann», sagte er, «die Diskretion verbietet mir zwar, Ihnen reinen Wein einzuschenken, denn ich habe den beiden in der Wohnung unter Ihnen versprochen, es für mich zu behalten, aber wenn Sie wüssten, was ich weiss, würden Sie vielleicht vor Dankbarkeit in die Knie sinken, weil das Leben Sie vor solchen Prüfungen verschont hat.» Er gab mir den Rat, das Beste aus der Situation zu machen und freitagnachmittags, mit der nötigen Zurückhaltung natürlich, also leise, mitzusingen (der vollständige Liedtext sei ja wohlfeil im Internet zu holen) oder wenn mir das nicht liege, zumindest die Gelegenheit wahrzunehmen, mich mit einer gewissen Demut (die einem jungen Mann immer gut anstehe) in Toleranz zu üben. Falls weder das eine noch das andere eine Option für mich sei, könnte ich ja immer noch nach einer anderen Bleibe Ausschau zu halten, was ihm allerdings leidtäte, da er mich - das sage er gerne - über die Jahre als unproblematischen Mieter richtiggehend schätzen gelernt habe.

Was Vermieter Bommers Ratschläge an meine Adresse angeht, kann ich problemlos auf Durchzug stellen. Aber seine mysteriösen Andeutungen sind mir ein Stachel im Fleisch, ich meine die Vorstellung, unten könnten Leute wohnen, denen etwas Schreckliches zugestossen ist, etwas, dem man nicht entrinnen kann, etwas, das alles umkrempelt. Wie ich mir das vorstellen kann. Nachher ist nichts mehr gleich wie vorher. Ich weiss, was das bedeutet. - Seit Jahren hole ich am Morgen im Quartier ein paar Hunde zum Auslauf und Versäubern ab. Die Tiere kennen mich, umwedeln mich, hören auf mein Kommando. Natürlich käme ich mit dem Hundespazierdienst allein finanziell nicht über die Runde, aber materiell bin ich abgesichert. Meine Eltern haben mir ein Erbe hinterlassen, von dem ich ganz komfortabel lebe. Ich brauch ja nicht viel. Vielleicht ist das das Problem. Das heisst, das Problem ist natürlich, dass ich mich zu nichts mehr aufraffen kann. Ich habe einmal angefangen, Theologie zu studieren. Aber es dann, also nach jenem Ereignis, schlittern lassen. Theoretisch könnte ich ja das Studium jederzeit wieder aufnehmen, aber ehrlich gesagt, ich glaube, der *point of no return* liegt da hinter mir. Schlimm sind immer wieder die Nachmittage, noch schlimmer die Abende. Meistens hänge ich vor der Glotzkiste und schaue mir alte Krimis an, *Tatorte* aus der Mediathek oder *Polizeiruf 110*. Tode sind im Grunde immer substanziell, das kann man sagen. Aber ständig Krimi gucken ist ja kein Leben, nicht? Bald bin ich vierzig. Manchmal überkommt einen da schon eine Art Panik, zugegeben. So weitergehen kann es nicht. Aber falls man nun denkt, ich sei eine gegenüber Welt und Umwelt apathische und an allem ausser mir selbst desinteressierte Person, läge man deutlich daneben: Eher das Gegenteil trifft zu. – Natürlich gibt es hundert Gründe, weswegen man sich über seinen Nächsten aufregen kann, aber im Grunde neige ich zur mitmenschlichen Anteilnahme.

Keine Frage. Wenn ich mir zum Beispiel das vergoldete Rokoko-Tischchen mit den Urnen und die ekstatisch singenden Nachbarn davor vorstelle, meldet sich mein Interesse am Mitmenschen automatisch. Und da fällt mir ein: Ich habe eine Cousine namens Claudine, die ist die Tochter meiner Vaterschwester und hat früher einmal in R. gewohnt, also am vormaligen Wohnort meiner Nachbarn Willi Hammer und Alice Hummel. Ich mache keine Witze, genau so stehen die Namen auf dem Schildchen unten neben der Haustürklingel. Man könnte jederzeit nachschauen kommen. - Warum also nicht Kontakt mit Claudine aufnehmen? Zur Abwechslung selbst man ein bisschen Detektiv spielen …

Sonntagnachmittag. Kein Mucks von unten. Von unten Totenstille. - Ich habe meine Cousine angerufen. Weder Willi Hammer noch Alice Hummel sind ihr ein Begriff. Sie hat jedoch von früher her noch eine Bekannte, die in R. ein Nail-Studio betreibt. Mit der telefoniere sie ab und zu. Und die wisse Bescheid wie keine, wenn es um Geschichten gehe, die sich in R. abgespielt haben. Sie ist in Sorge wegen ihrem Hund, einem Zwergschnauzer, dem der Reihe nach die Zähne ausfallen. Wahrscheinlich infolge von Parodontose.

Man glaubt nicht, was ich jetzt vernommen habe. Es bestätigt wieder mal, dass ich meine Vorbehalte gegenüber dem Leben mehr als berechtigt sind. Es bringt nämlich Ereignisse hervor, die man nur als sadistische Gemeinheit bezeichnen kann. Besser also man hält es in gehöriger Distanz; das Naivste wäre, sich in blindem Vertrauen auf es einzulassen. - Willi Hammer hat einen Zwillingsbruder namens Aldo gehabt, und Alice Hummel eine Zwillingsschwester namens Wilma. Die vier haben sich an der Fachhochschule in einem Seminar über Zwillingspsychologie kennengelernt. Zuerst habe es zwischen Willi und Wilma gefunkt, bald darauf – Zwillingspsychologie! - auch zwischen Albert und Alice.

Da die Geschwister sich so ähnlich sahen wie ein Ei dem andern, hätten die beiden praktisch identischen Paare schon einiges Aufsehen erregt. Wenn sie durch die Strassen gingen, seien die Leute mit aufgesperrtem Maul stehen geblieben. In Restaurant habe die

Kellnerin oder der Kellner routinemässig durcheinandergebracht, wer was bestellt hat. Eine spektakuläre Doppelhochzeit sei geplant gewesen. Sogar in der Lokalzeitung sei darüber ein Bericht mit Bildern der beiden Paare gestanden. - Aber dann sei dieser schreckliche Unfall passiert. Die beiden jungen Männer hätten ihre Bräute jeweils mit ihren Motorrädern in L. abgeholt. Auf der schmalen, kurvenreichen Strasse von der Chnällhöchi hinunter habe einer der Zwillinge, Aldo, die Kontrolle über sein Fahrzeug verloren, sei von der Strasse abgekommen und in einen Baum geknallt. Er war auf der Stelle tot. Seine Beifahrerin in der Nacht im Spital gestorben. Der Höhepunkt der Grausamkeit sei allerdings, dass ausgerechnet an diesem Tag die beiden Paare - aus unbekanntem Grund - übers Kreuz gefahren seien, so dass der Unfall die zwei in den Tod riss, die gar nicht zusammengehörten, und zwei zurückliess, die auch nicht zusammengehörten: nämlich eben die beiden in der Wohnung unter mir: Willi Hammer und Alice Hummel.

Heute Morgen habe ich die Hunde eine halbe Stunde zu spät abgeholt. Einer meiner Auftraggeber, der Besitzer einer betagten, halbblinden Dackelin, hat mir angedroht, er werde nach einer anderen «Lösung» suchen, falls das noch einmal passiere. Dabei bin ich sonst die Pünktlichkeit in Person. Ich habe bloss verschlafen, weil ich die halbe Nacht wachgelegen bin. Dabei war das Geräusch, das mich – ich glaub kurz vor eins - aus dem Schlaf riss, nicht einmal besonders laut. Dennoch so eindringlich, als hätte mich ein Pfeil getroffen. Es kam von unten. Liebesgeräusche von der absolut animalischen Sorte. Stöhnen, Japsen, Röcheln Keuchen, im abwechselnd sich beschleunigendem und verlangsamendem Rhythmus, wie in diesen Filmen, bestimmt eine Viertelstunde lang, gefühlt ewig jedenfalls, durch die Betondecke hindurch. An Weiterschlafen war nicht zu denken, im Gegenteil, ich war höllisch wach, auch lange, nachdem es endlich aufgehört hatte. Sonst bin ich eher bemüht, mir solche Dinge vom Leib zu halten. Aufregungen generell. Aber das war die reinste Attacke aus dem Hinterhalt. Weisst du, welche Vorstellung einen harten Knoten in meinem Hirn bildet? – Wenn sie es hemmungslos miteinander treiben, und es wird wohl heute Nacht nicht das erste Mal gewesen sein, was ist dann mit dem vergoldeten Rokokotischen und den beiden Urnen drauf? Vor dem sie freitags Nachmittag knien und «Haupt voll Blut und Wunden» plärren? Steht das dann vergessen, verdrängt, verleugnet im Nebenzimmer? Oder – Höhepunkt der Perversion – machen sie es womöglich direkt vor dem Altar mit der Asche ihrer verratenen Geschwister und Geliebten? Und beim Orgasmus schreien sie ihre Namen? – Ach Gott im Himmel, warum regt mich das alles so auf!? Es geht mich ja eigentlich gar nichts an. Und doch! - Vielleicht ist es einfach meine Nase, die nicht anders kann, als es selbst durch die Betondecke hindurch zu wittern: es geht da um eine Schuld, eine heimliche, so riesenhaft wie grauenerreged, eine wühlende schwarze Sünde, die in Gestalt von Hammer und Hummel direkt unter meinen Füssen liegt! Eine Schuld, die mit dem Tod der beiden andern, des ehemaligen Geliebten und Zwillingsbruders Aldo Hammer sowie der ehemaligen Geliebten und Zwillingsschwester Wilma Hummel, zusammenhängt. Und das Gesinge drei Uhr freitagnachmittags gilt der Angst vor Strafe, der Höllenangst vor der göttlichen Rache, der Hoffnung auf himmlische Vergebung. So wird es sein. So ist es. Über so viel theologische Schlusslogik verfüge ich, auch wenn das

Gebäude meiner Theologie-Kenntnisse selbst zu besten Zeiten, das heisst, als ich noch ab und zu ans Seminar ging, nie über den Zustand einer Bauruine hinausgewachsen ist. Wenn anderseits der Krimi-Profi, der ich ja auch bin, von Motorradunfall hört, spurt die Phantasie zuerst einmal routinemässig auf das Täter-Mordopfer-Schema ein und hat sogleich böswilliges Abdrängen von der Fahrbahn vor Augen oder die klassisch durchgeschnittenen Bremskabel oder Ähnliches. Aber um so plump-kriminalistische Tatbestände geht es im vorliegenden Fall nicht. Das sagt mir die Intuition. Ja, ich glaube nicht einmal, dass man überhaupt von einer Tat im juristischen Sinne des Wortes wird sprechen können ... Heute Nachmittag hat Herr Hammer vor vier das Haus verlassen. Nach den ersten drei Krimis lege ich jeweils eine Pause ein, hole mir etwas zum Knabbern und setze mich einen Moment ans Fenster. Da sah ich ihn über den Parkplatz vor dem Haus davoneilen, ein dünner Spargel, schwarz gekleidet wie ein Dieb (sie dagegen meistens in heuchlerischem Unschuldsweiss!), leicht nach vorn gebeugt, unter dem einen Arm ein rotes Ledermäppchen, den andern hinter dem Rücken, ein Judas im Gegenwind, sich vorwärts kämpfend wie ein Eisschnellläufer im Morast. – Aber damals, glaub mir, damals, zu Zeiten, als er noch mit Wilma verbunden war - was war er da noch für ein anderer Mann! Ein fröhlicher, optimistischer, bedenkenloser, himmelhochjauchzender junger Mann war er damals bestimmt gewesen! Und so waren sie eine Zeitlang, also zu Beginn der fatalen Geschichte, wohl alle vier gewesen: fröhliche, optimistische, bedenkenlose, himmelhochjauchzende junge Menschen, die zusammen ein Aufsehen erregendes Quartett bildeten: Willi mit Wilma und Alice mit Aldo. Zwei vor jungem Glück leuchtende Zwillingspaare, die sich ähnlich sahen wie ein Ei dem andern und den Passanten, die sie auf der Strasse mit ungläubig aufgerissenen Mündern anstarrten, übermütig entgegenlachen konnten. Aber so heile, symmetrisch ausgewogene Verhältnisse sind auf dieser Welt höchst fragil und in ihrem Bestand extrem bedroht. Da muss Unheil kommen, und es kommt auch unabwendbar, meistens wenigstens - aber dann wehe dem, durch den es kommt! (So spricht die Heilige Schrift - Matthäus, wenn ich mich nicht irre.) Es ist jetzt Nacht, kurz vor Mitternacht. Ich sitze in meiner Küche unter der Kugellampe und horche nach unten. Eine dunkle Flamme brennt in meinem Herzen. Ob sie es bald wieder machen? Warte ich denn nicht darauf? -

Dann werden die Toten am Lotterbett da unten stehen, stehen und nicht zu vertreiben sein. Und mit versteinerten Augen dem abermaligen Vollzug des Verrats beiwohnen. Und die Lustschreie in Flüche verwandeln, damit die Leidenschaft, die ihre Liebe zerstört hat und ihr Leben, sich in eine toxische, zersetzende Obsession und Schuld verwandle. Natürlich fragst du zurecht, woher ich das wissen will. Ob ich mir das nicht alles einfach aus den Fingern sauge. Zugegeben, ich weiss es nicht, weder mit diesem Willi Hammer noch mit dieser Alice Hummel habe ich über einen knappen Gruss hinaus je ein Wort gewechselt, aber ich sage dir auch, ich weiss es doch. Denn wie jede Geschichte hat auch diese ihre Logik und wenn man nur ein bisschen denken kann, erschliessen sich einem ihre Geheimnisse wie von selbst. Am Anfang war alles gut. So gut wie Gottes Schöpfungswerk, als er es am siebten Tag Rückblick hielt. Alles war im Lot. Willi und Wilma, Alice und Aldo. Wie es bei uns gut war, bei dir und bei mir, am Anfang, auch wenn du dich jetzt nicht mehr daran erinnern willst. Die beiden Hammer-Jungs liehen sich jeweils das alte Mofa ihres Onkels aus, um ihre Mädchen in T. abzuholen. So waren sie nicht auf den letzten Bus angewiesen, der früh fuhr. Von T. in die Stadt mit ihren belebten Strassen und Strassencafés war es dann nur noch ein Katzensprung. Aber von L. nach T. sind es immerhin 16 Kilometer. Und dazwischen liegt die Chnällhöchi. Und weil die eine Haltestange am Mofa-Packträger gebrochen war, war an Hintenaufsitzen nicht zu denken. Aber die Hammer-Jungs, in sehnsüchtiger Vorfreude auf ihre Mädchen, wussten sich zu helfen, weisst du. Während der eine nämlich mit dem Mofa lostuckerte, zog der andere zu Fuss los. Beim Gasthof hinter der Höchi, also auf halber Wegstrecke, stellte der, der vorausfuhr, meistens Willi, das Mofa ab und nahm die restliche Strecke nun seinerseits unter die Füsse, während der andere, meistens Aldo, hatte er die Chnällhöchi geschafft, den zweiten Teil des Weges locker mit dem Mofa zurücklegen konnte. Auf diese Weise kamen die Hammer-Jungs zur gleichen Zeit – so richteten sie es ein - bei den Hummel-Mädchen in T. an, die mit Blumen im Haar bereits am Gartenzaun warteten, um ihre Geliebten strahlend zu empfangen, Wilma ihren Willi und Alice ihren Aldo. – Ja, ich weiss, jetzt sind wir wieder soweit, dass ich dir gewaltig auf die Nerven gehe, weil das in deinen Augen alles nutzloses Geflunker ist und ich gescheiter «endlich konkret» und in der «Welt der harten Tatsachen» ankommen würde. Aber du hast ja jetzt, was du willst, du bist ja jetzt vollständig «konkret» zusammen mit deinem «Konkreten» - und ich kann schauen, wo ich bleibe mit meinem «krankhaften Hang zum Einbilden und Träumen». Aber genau deshalb will ich, dass du mir zuhörst, denn ich erzähle eine Geschichte der Schuld, auch wenn du davon nichts hören willst. Das harmonische Zwillingsquartett blieb nämlich nicht so harmonisch, wie es am Anfang war. Paradiesische Zustände haben eine kurze Halbwertszeit, plötzlich sind hässliche Risse im Lack, und man fragt sich: Waren die – unbemerkt - eigentlich schon immer da oder sind sie plötzlich - wie aus dem Nichts - entstanden? Das Liebesunglück hat sicher unzählige Gesichter, aber ein paar klassische Typen gibt es trotzdem auch, und einer davon, einer der schlimmsten, ist die Treulosigkeit und der Liebesverrat. Und davon verstehst du ja was, nicht? und kannst ein Lied davon pfeifen. Und wenn du nicht weisst, wovon ich spreche, oder es vielmehr gar nicht wissen willst, vernimm umso mehr, was mit den zwei Zwillingen war, denn die Parallelen zu unserem Fall sind mit den Händen zu greifen und deswegen ist mir nämlich auch klar, was dort, also zwischen den anfänglich so glücklichen Vieren passiert sein könnte, weil es leicht an fünf Fingern abzuzählen ist.

Erstens also: Die vier sitzen zusammen im Strassencafé *Chocolat* in O. Ein angenehm warmer Nachmittag im Mai. Die Paare sich gegenüber, Wilma vis à vis von Willi, Aldo vis à vis von Alice. Die Glasbecher, noch eben gefüllt mit Vanilleeis, Erdbeeren und Schlagrahm, stehen jetzt leer vor ihnen. Da gibt Willi Hammer wieder einmal einen Witz aus seinem Sortiment zum Besten. Diesmal ist es – möglicherweise nicht zum ersten Mal - der berühmte Alibaba-Witz: Sitzen drei Männer auf einer Bank. Sagt der erste: Meine Frau hat *Hänsel und Gretel* gelesen. Jetzt hat sie Zwillinge bekommen. Sagt der zweite: Meine Frau hat *Schneewittchen und die sieben Zwerge* gelesen. Jetzt hat sie Achtlinge bekommen. Sagt der dritte Mann: Ich muss schnell heim. Meine Frau liest gerade *Alibaba und die vierzig Räuber.* – Aldo kennt sämtliche Witze seines Bruders, Wilma versteht nicht, was daran lustig ist, sie findet den Witz blöd, Alice aber lacht über Willis Witz, dass es sie beinahe auf den Rücken legt, so lacht sie und lacht und lacht. Willi strahlt über seinen gelungenen Coup und legt dabei einen Gutteil seines Gebisses frei. Die beiden andern aber werden übers Kreuz ganz steif vor Verwirrung, so ein verhängnisankündigendes, fatales Lachen ist das.

Zweitens: Zum Beispiel zwei Monate später. Offiziell ist zwar noch immer alles im Lot: Willi und Wilma, Alice und Aldo. Der Sommer bringt warmes Badewetter und viel freie Zeit während der Semesterferien. Einmal, Ende Monat, nimmt man die einstündige Busfahrt zum See hinüber auf sich. Wilma und Aldo liegen jetzt auf ihren bunten Badetüchern im Schatten einer Linde. Die zwei anderen Badetücher, eigentlich ebenso bunt, sind nicht besetzt. Der Schatten der Linde ist kolossal. Man hätte natürlich auch Trauerweide sagen können. Aber das wäre zu viel Symbolik. Ganz unsymbolisch gleisst der See in der Nachmittagshitze. Das Thermometer ist wieder über die 30-Grad-Marke geklettert. Ziemlich weit draussen im See erklimmen Willi und Alice soeben die Leiter zum Floss. Ihre Körper triefen und glänzen im scharfen Mittagslicht. Für Wilma liegt das Floss zu weit draussen. Sie ist keine sichere Schwimmerin. Sobald sie keinen Grund mehr unter den Füssen hat, fühlt sie sich unsicher. Aldo ist noch gar nicht im Wasser gewesen. Stattdessen hat er sich bereits die dritte Zigarette angezündet. Auf ihre Ellbogen gestützt schauen die beiden zum Floss hinaus. Sie wechseln kein Wort miteinander. Wild mit den Armen fuchtelnd winken Willi und Alice jetzt vom Floss zurück Richtung Linde. Wilma winkt auch, während Aldo finster an der Zigarette zieht.

Drittens, nur kurz danach; doch schon seit längerem ist der Zauber des Beginns verblichen. Nun sind es drei volle Jahre her, dass sich die Zwillings-Geschwister Hammer & Hummel zu diesem Aufsehen erregenden Liebes-Quadrat zusammengefügt hatten. Eine Zeitlang hegte man den Plan, zu viert eine Wohnung in O. zu mieten, was, abgesehen von der lustvollen Perspektive, mit den Mädchen zusammenzuwohnen, den Hammer Zwillingen den Vorteil gebracht hätte, nicht mehr praktisch täglich die 40-minütige Busfahrt von L. nach O. (zweimal umsteigen!) retour auf sich nehmen zu müssen, wenn sie Veranstaltungen an der Uni hatten. Doch erstens waren die Eltern der Hummel Girls strikt dagegen und zweitens wäre das Projekt finanziell kaum tragbar gewesen. So wurde es aufgegeben und deshalb nähern wir uns nun rapide der Stelle, wo die Geschichte einen fatalen Abzweig nimmt, denn solche

Abzweigstellen gibt es leider im Leben. – (Jajaja! Lach nur und sag: «Du mit deiner Sucht, alles und jedes zu dramatisieren! Mit deinen Hirnkonstrukten! Du mit deiner ewigen Spintisiererei!» - Klar, am liebsten sind dir sauber geschabte, cleane Facts, ohne allen dreckig fleckigen Anhang wie Schuld, Versagen, Verantwortung etc. Das passt nicht in deine Meister-Proper-Welt. Schon klar!) – Aber es geht trotzdem weiter: Aldo und Willi hatten nämlich einen Kollegen im selben Semester wie sie, dessen Vater im Motorradhandel tätig war. Durch dessen Vermittlung konnten sie zwei günstige Occasions-Roller erstehen, zwei etwas betagte, anscheinend fast identische Yamahas der 50-Kubik-Klasse, die es ihnen erlaubten, fortan die Strecke von L. nach O. ungefähr in der Hälfte der Zeit zurückzulegen, die sie mit dem Bus dafür benötigten. Allerdings brachten schon die Probefahrten doch einen bedeutsamen Unterschied zwischen den beiden zur Auswahl stehenden, fast gleich teuren Maschinen ans Tageslicht. Während die eine (eine mattgraue Aerox R NS 50, Jahrgang 2013 mit 8486 gefahrenen Kilometern) auf ebener Strecke es auf 75 kmh brachte, blieb der Tacho der andern (einer weissroten Aerox R NS 50, Jahrgang 2014 mit 16600 gefahrenen km) bereits bei 70 kmh stehen. Die Frage, wem nun die schnellere Maschine fortan gehöre, führte zum Streit zwischen den Zwillingsbrüdern, und zwar dem heftigsten und erbittertsten ihres bisherigen Lebens. So lautstark geführt, dass die Mutter intervenierte und vorschlug, das Problem mittels Münzwurf zu lösen. - Ein Zweifrankenstück bestimmte Aldo zum Sieger; Willi war muff und ging gleich zu Bett.

Mit dem geteilten Weg und dem brüderlich deponierten Mofa hinter der Chnällchöchi war es natürlich vorbei. Das alte Mofa blieb fortan in der Remise des Onkels stehen, denn Willi und Aldo stürmten jetzt auf ihren Yamahas hinüber nach T., wobei es Aldo war, der mit mindestens zwei Minuten Vorsprung an der tannengrün gestrichenen Tür des Hummel'schen Reihenhäuschens klingelte. Eines Abends, als die Hammer-Boys schon wieder davongebraust waren, bemerkte Alice, sie habe das Gefühl, es mopse Wilma, dass ihr Willi stets die Zwei auf dem Rücken habe, worauf Wilma fauchte, Alice sei eine blöde Tusse. Es kam sogar zu Tränen. Erst kurz vor dem Zubettgehen gelang es den beiden Schwestern, sich wortreich zu versöhnen. -

Angesichts der Ereignisse könnte man sich die Hände vors Gesicht schlagen, nicht?

Viertens: Es ist Mitte Oktober. Nach sieben Jahren findet in L., dem Wohnort der beiden Brüder, wieder einmal das Dorffest statt: ein Riesen-Remmidemmi mit Kletterwand, Hüpfburg, Streichelzoo, mit Ständen regionaler Marktfahrer und einem Dutzend Beizchen beidseits der Hauptstrasse, letztere betrieben vom Frauen-, vom Sport-, vom Schützenverein. etc. Es gibt Bier mit Wurst oder Burger oder Spiesschen, dazu Pommes in Maxi- oder Miniboxen, hausgemachte Torten, Kaffee, Crêpes mit kunterbunten Füllungen; sogar asiatisch Süss-Saures sticht einem ab und zu in die Nase, wenn ich mich nicht irre. Und ab 19.30 spielt auf der Eventbühne im Festzelt das Trio *Dodo und seine Kumpels* am laufenden Band «Party Classics» und «Dance Hits» aus dem Repertoire.

Die Zwillinge tauchten erst in den Dorffesttrubel ein, als es schon dunkel war. Die Schwestern hatten am Freitagnachmittag noch ein Praktikum zum Kernmodul «Kommunikation und Konflikt» gehabt und anschliessend der Mutter beim Abräumen des Gartens zur Hand gehen müssen, bevor sie auf die Soziussitze der Yamahas kletterten. In L. begab man sich sogleich ins Festzelt, wo Dodo und seine Kumpels den langwierigen Soundcheck beendet hatten und ihr musikalisches Unterhaltungsprogramm mit dem Mundartsong «Säli du» starteten. Während Willi vier Bratwürste holte und Aldo vier Bier, hielten die Mädchen zwei Plätze frei, was gar nicht so einfach war, denn der Volksandrang war gewaltig. Dodo und seine Kumpels waren Profis: sofort machten sie kolossal Dampf und schon nach den ersten paar Stücken, darunter Partykracher wie «Save me» und «Mama Loo», herrschte vorn auf der Tanzfläche das totale Gewusel, in das sich Willi mit Wilma sowie Alice mit Aldo alsbald auch stürzten. Aber schon nach ein paar Stücken sagte Wilma Willi ins Ohr, es sei ihr übel, sie müsse sich setzen. Sie fanden einen Platz, zum Glück etwas hinten, nahe der Zeltwand. Willi fragte «Was ist?», aber Wilma zuckte nur mit den Schultern. Die Luft im Zelt war zum Abstechen, es wurde viel geraucht, dazu kam der widerliche Bierdunst, kaum auszuhalten, die feuchte Hitze, das Gedröhn und Gedudel aus den Lautsprecherboxen. Willi ging noch ein Bier holen. Als Wilma allein sass, kam wieder die Angst, schwanger zu sein. Die Übelkeitsanfälle der vergangenen Tage. Und vor allem dieses komische Gefühl. Obwohl es im Prinzip eigentlich ja unmöglich war. Auf jeden Fall würde sie Willi vorderhand nichts sagen. Denn wie sie ihn kannte, würde er sogleich ein Riesentamtam machen, die Sache an sich reissen, irgendeines seiner Aktivismus-Programme durchziehen wollen. - Wenn man nur bald nach Hause könnte!

Nach ein paar Minuten kamen Alice und Aldo von der Tanzfläche zurück. Sie wirkten abgelöscht. Zufälligerweise standen gerade ein paar Personen vom Tisch auf und so gab es wenigstens Platz bei Wilma. Willi kam mit seinem Bier zurück, Aldo ging eins für sich holen. Dann sass man zu viert. Man konnte sich nicht unterhalten, selbst wenn man gewollt hätte, der Geräuschpegel war einfach zu hoch. Aldo schlürfte den Bierschaum oben weg und zündete sich wieder eine Zigarette an. Über dem Zelteingang hing zwar ein Schild mit einer durchgekreuzten Zigarette im roten Kreis, aber viele rauchten trotzdem. Er war mies drauf heute Abend. Tanzen war nun mal nicht seine Sache. Sein Körper sperrte sich gegen den Rhythmus der Musik. Er versuchte den Takt bei den Hörnern zu fassen, aber der Stier warf ihn ab; er fiel draus und seine Füsse verhedderten sich. Umso mehr hatte es ihn genervt, dass Alice mehrmals geflüsterte hatte: «Schau dort, hast du die gesehen? Wie die tanzen!» - Er war frustriert. Das Bier war lauwarm. Es ekelte ihn. Als Dodo und seine Kumpels *Victims of Love* intonierten, stiess ihn Alice on der Seite an und schnalzte mit der Zunge; er drehte augenblicklich das Gesicht weg. Und als er wieder hinsah, war sie bereits mit Willi unterwegs zur Tanzfläche. Und wie er nun die beiden am Rande des Tanzgewühls sah, zuerst zu «*Angelina Jolie*» und dann zu «*Dich gibt's nur einmal für mich*», das heisst in der berndeutschen Version «*Aber di gits nur einisch für mi*», klebte sein Blick wie genagelt an den vertrauten Leibern, die sich so aufreizend frei und hemmungslos miteinander und aufeinander zu bewegten. Und dieser unverschämte Vereinigungstanz nahm kein Ende, schien ihm, es ging und ging und ging - und dazu vor aller Leute Augen! Da barst eine rotglühende Wut in ihm auf und ein Lavastrom von Hass und Eifersucht überflutete ihn. Und als sie dann von der Tanzfläche zurückkamen, Alice und Willi, und Alice ihn lachend am Ohr zupfte, zischte es mit Hochdruck aus ihm heraus: «Schlampe!» - Alice' Gesichtszüge erstarrten augenblicklich. – Klar, war die Stimmung futsch. Der Abend war im Eimer. Man sass, schwieg verhärtet, versteinert - bis Wilma aufstand und sagte: «Jetzt gehen wir!»

Fünftens:
Draussen erbrach Wilma die Wurst und die Portion Pommes in den Brennnesseldschungel beim Parkplatz vor dem Feuerwehrdepot, auf dem sie die Yamahas abgestellt hatten. Und dann geschah, was ich dir regelrecht in die Haut brennen möchte, damit du es nicht einfach wegwischen kannst: Ohne ein Wort zu sagen, als wäre es das Selbstverständlichste auf der Welt, bestieg Alice den Soziussitz hinter Willi, der, seine Yamaha breitbeinig in Position haltend, gerade seinen Helm befestigte. Wilma, die dazu etwas hätte sagen müssen, war zu matt und kaputt, um etwas zu sagen. Aldo stierte schwarze Löcher vor sich hin. So röhrte Willi ungehindert mit der verkehrten Fracht auf dem Sozius Richtung T. davon. Es war erst kurz vor der Chnällhöchi, als Aldo und Wilma sie auf der kurvenreichen, schmalen Strasse einholten. Es gab dann einen Moment, wo die Lichtkegel der beiden Maschinen auf dem rissigen und löchrigen Asphalt beinahe zusammenflossen. Sie entzweiten sich rasch wieder, weil Aldos heulende Yamaha schneller im Dunkel der

klammen Oktobernacht vorankam. Willi und Alice sahen, wie sich das rote Rücklicht von Aldos Maschine von ihnen entfernte, bis es, nur noch ein zitternder Punkt, vermutlich hinter einer Kurve oder im Wald, verschwand. –

Nur ein paar Minuten danach erreichten sie die Unglücksstelle. Aldos Yamaha lag am steilen Abhang etwas unterhalb der Strasse, das Vorderrad samt Gabel und Lenker unnatürlich quer zum Rest. Wie ein erigierter Penis starrte der verchromte Auspuff in die Luft. Die beiden Körper lagen reglos weiter unten, achtlos hingeschleuderte Kleiderbündel. Ein weisser Strassenpfahl stand schräg, am Stamm einer Tanne war ein grosses Stück Borke weggefräst. Warum Aldos Maschine gerade hier von der Strasse abgekommen war, war völlig unklar. Wilma Hummel hatte noch gelebt, obwohl sie keinen Helm getragen hatte, sie starb aber in derselben Nacht im Kantonsspital O. Aldo Hammer war anscheinend sofort tot gewesen.

Soweit kann es kommen, damit du es bloss siehst!

Heute ist wieder Freitag. Am Nachmittag pünktlich fünfzehn Uhr haben sie losgesungen. «*O Haupt voll Blut und Wunden*». Keine Strophe lassen sie aus. Ich wollte, du müsstest dir dieses schaurige Geheul der schuldigen Seelen einmal anhören. - Warum denn Schuld, fragst du? Was haben sie denn verkehrt gemacht, die armen beiden? Sie waren halt die Vitaleren, die emotional Stärkeren, die Extravertierteren im Zwillingsquadrat und die schwimmen naturgesetzmässig obenauf. Es gibt nun mal Gewinner und Verlierer, mein Lieber (mein Lieber!), das ist zwar irgendwie tragisch, aber dafür kann ich nichts. Aber falls du dich vor mir als Moralapostel aufspielen und mit dem Finger auf die beiden zeigst und mich damit meinst, - ausgerechnet du, der das Vor-der-Glotze-Hocken und Spintisieren mit dem Leben verwechselt - dann bist du bei mir an der falschen Adresse. Das lass dir mal gesagt sein! – Aber ich lass mir das nicht gesagt sein, und von dir schon gar nicht, denn du hast die totale Scheisse in meinem Leben angerichtet. Karl war mein Freund und du warst meine Freundin, und alles hast du kaputt gemacht, weil du glaubst, du dürfest deine Gefühle jederzeit von der Leine lassen wie Hunde auf die Spielwiese. Aber das Leben ist meistenteils keine Spielwiese. Ich lass meine Hunde auf der Morgentour auch nicht scheissen, wohin sie gerade wollen und sich in jedem Saudreck wälzen, da wär ich meinen Job nämlich bald los. Ach, wie ihr mir zum Hals heraushangt, ihr triebgesteuerten Ego-Geier und Arschgeigen! Viel zu lange schon hadere ich euretwegen mit meinem Dasein! Du mit Karl! Und Karl mit dir! Niederträchtiger geht's nicht! Aber eins sag ich dir und euch: Ich werde nicht enden wie Aldo und Wilma, auch wenn ich in den vergangenen Jahren manchmal haarscharf den Abgrund streifte, denn Schlimmes ist geschehen. –

Aber vieles, was geschehen ist und was geschieht, sind eigentlich Dummheiten, die einen unfrei machen und ans Unglück binden. Es sind Fallen. Man tappt hinein und kommt nicht mehr heraus, monatelang, jahrelang, manchmal ein ganzes Leben. Herrjeh und ach du Schande!! Aber vielleicht kann man sich ja befreien, indem man erkennt, dass wir im Innersten weder dazu da sind, einander weh zu tun, noch einander zu vergiften. Das gibt es zwar, bis zum Grau- und Schwarzwerden gibt es das, aber es gehört nicht wirklich zu uns, zu unserem Innersten meine ich. Das Innerste ist nämlich das Leben und die Freiheit und die Liebe. Das sind die wahren, die originalen Güter. Wahnsinn nur, wie leicht sie sich verlieren. Wie unbedacht wir sie aus der Hand geben und uns in grelle Oberflächlichkeiten verirren. – Aber jetzt ist genug gequasselt. Ich will schlafen, auch wenn die da unter mir wieder singen oder sonst was treiben. Lang lang schlafen - und nachher weitersehen. Bis dahin lebt mal wohl, ihr beiden.